나를 깨워줘

나를 깨워줘

김 기 준

세계

01 책머리에

나이 마흔까지만 화끈하게 살다가, 초신성처럼 홀연히 폭발하여 우주의 먼지로 사라져 버리자고, 내심 다짐하였던 청춘의 시절이 있었습니다. 그런데 벌써 60갑자의 새로운 시작인 환갑還甲의 나이가 되었습니다. 부모님께 뼈와 살을 받아 세상에 태어난 후, 그분들의 헌신적인 피와 눈물을 통해 자랐습니다. 늦게나마 철이 든 까닭에, 내 삶의 귀한 동반자를 만날 수 있었고, 그 눈부신 사랑으로 의사가 될 수 있었으며 또 자식을 낳고 키울 수 있었습니다. 하나님의 도우심으로, 아직도 도무지 알 수 없는 그 마취의 신비를 통해 밥벌이를 하였고, 세계의 여러 바닷속 아름다움에 심취할 수 있었으며, 웅혼한 시의 세계에 빠져들었습니다. 돌이켜보면, 내가 한 것은 아무것도 없습니다. 이렇듯 무심하게, 시간의 거대한 순환을 한 바퀴 돌아, 지금 이 시각, 그 출발선에 다시 섰습니다.

나는 느지막한 나이에, 시집 『착하고 아름다운』과 『사람과 사물에 대한 예의』를 출간하였습니다. 이 책 속에 나오는 글은 나의 두 시집에 나오는 시를 탄생하게 만든 어떤 모티브, 사건, 생각 등을 정리한 것입니다. 사실에 기반하여, 객관적으로 기술하고자 가능한 노력하였으나, 이 모든 것들은 시인이며 의사인 나 개인의 관점에서 본 것들이고, 나의 속 마음을 가감 없이 들어낸 것들이라, 아마 내심 동의하기 어려운 내용도 있을 수 있을 것입니다. 괜찮습니다. '아 이렇게 생각하는 의사도 있구나' 혹은 '아 이렇게 사유하는 시인도 있구나' 그렇게 조곤조곤 읽어주시면, 나는 참 행복할 것입니다.

아래의 시로, 미래의 나의 인생에 대한, 나의 마음을 단단히 다져 봅니다. 진정 이럴 수 있다면, 이렇게 살 수 있다면, 참 아름다울 겁니다. 한번 부딪혀 보겠습니다. 늘 건강하시고, 행복한 시간들. 많이 만드세요. 카르페 디엠 Carpe diem!

너의 운명을 사랑하라

나는 시를 쓰고 부대끼며
그렇게 살기를 소망하는 시인

그러므로
나는

병듦과 죽음, 다가올 운명을 두려워하거나 거부하지 않는다
돈과 권력, 명예의 허상을 좇거나 집착하지 않는다
하늘과 땅, 사람과의 인연을 경외하며 귀하게 여긴다
탐심과 성냄, 무지의 어리석음을 경계하고 멀리한다

영원을 사모하며
연구실에서, 2023

목차

02 하나님의 후배

　　마취통증의학과 의사는 도대체 무엇을 하는 의사일까? 일반인들은 물론 수술을 하지 않는 내과 및 기타 지원과 의사들도 우리가 하는 일이 어떤 것인지 잘 알지 못합니다. 사실 나도 마취가 정확히 무엇인지 모르고 마취통증의학과를 지원하였습니다. 학생 때는 심장내과, 공중보건의 때는 정형외과, 인턴 때는 성형외과를 전공하려 생각했었죠. 인턴 시절이 끝나가고, 전공과를 정하려 할 무렵, 무슨 운명의 장난인지, 마취통증의학과 전공의 1년 차인 고향 선배와 우연히 술 한잔을 나눌 기회가 있었지요.

　　"너나 내나 촌놈인데, 성형외과 개업하려면 돈 많이 들어.
　　우리 과 와라"
　　"마취통증의학과가 뭐 하는 과인지도 모르는데?"
　　"뭘 해? 환자 살리는 과지. 바이탈 사인, 기관내삽관 몰라?"
　　"그것은 알지만. 주치의도 아니고, 맨날 수술실에만 있고, 따분하게"
　　"야. 얼마나 드라마틱한데. 너 정도면 교수도 될 수 있어"
　　"하긴. 섬에서 공중보건의 할 때, 인투베이션 때문에 미치겠더라"

　　이런저런 사연 때문에 결국 마취통증의학을 공부하기 시작한 지 어언 30년이 다 되어 갑니다. 중간에 마취통증의학의 세부분야인 중환자의학과 통증의학을 잠깐 전공한 적이 있지만, 거의 대부분의 시간들은 수술실에서 환자를 마취하며 보냈습니다.

마취는 수술 전 환자의 몸과 심리 상태를 명확히 파악하여, 수술 도중 환자의 활력 징후를 정상적으로 유지함으로써 환자를 살아있게 하며, 수술 후에는 환자의 통증을 치료하여 무사히 일상생활로 복귀할 수 있게 만드는 수술 전, 중, 후 의학이라 정의할 수 있습니다. 환자를 큰 바다를 건너는 배로 비유하면, 수술하는 외과 의사는 선장, 마취하는 마취통증의학과 의사(이후 마취 의사로 약함)는 기관장에 비유할 수 있습니다. 기관장은 큰 배가 무사히 바다를 건널 수 있도록 배의 안전 상태를 온전히 책임져야 합니다. 그래야 선장이 안심하고 폭풍우가 치는 바다 위로 자신 있게 배를 운전할 수가 있는 것이죠. 즉, 마취 의사가 환자의 활력 징후를 완벽히 지켜주어야, 외과 의사가 자신 있게 수술에 몰두할 수가 있는 것이라, 이러한 긴밀한 협력 관계는 수술에 꼭 필요한 것입니다.

마취 의사들

국소마취로 수술하던 도중 심정지가 발생했다
코드 블루, 코드 블루
급히 마취 의사를 찾는다

총무 교수의 지휘 아래
한 선생은 심폐소생술
한 선생은 기관내삽관
한 선생은 중심정맥도관 삽입
한 선생은 동맥관 삽입
나는 바닥에 고인 피를 닦고
우리 원로 교수님은 흐뭇한 듯 지켜보고 계시고

순식간에 상황 종료
심장이 다시 활기차게 뛴다

이들이 마취 의사들이다
이것이 마취통증의학이다

전공의 2년 차가 끝나갈 무렵이었습니다. 처음으로 야간 당직 치프를 맡게 되었습니다. 처음에는 뿌듯하고, 자신감이 넘치더니, 밤이 깊어 갈수록 두려움이 밀려왔습니다. 제발 오늘 밤에는 중환이 오지 말게 해달라고……, 기도가 절로 나왔습니다. 역시 마취처럼 알 수 없는 것이 대학병원의 응급실과 수술실입니다. 장 천공으로 인한 복막염이 의심되어 응급수술이 필요한 아기였습니다. '팔로 4징후'라는 선천성 심장병을 앓고 있어, 여기저기 지방의 병원을 떠돌다 새벽에 응급실로 들이닥친 것입니다. 아기 배는 산처럼 부풀어 올랐고, 입술은 새파랗게 변해 있었으며, 숨쉬기를 무척 힘들어했습니다. 청진기로 가슴 소리를 들어보니 마치 계곡물이 휘돌아가듯, 심잡음이 쉭쉭 들렸습니다. 그와 동시에 나의 심장도 덩달아 뛰기 시작했고, 이마에는 땀이 주르륵 흘러내렸습니다. 아기 상태를 보니, 교수님이 오시기까지 기다릴 수가 없었습니다. 마취를 시작했습니다. 정말 무서웠습니다. 공부한 것이 하나도 기억이 나질 않았습니다. 속으로 애타게 기도만 했습니다. 그렇게 그날 새벽에 비로소 한 명의 생초보 마취 의사, 하나님의 후배가 탄생한 것이었습니다.

어린 너를 마취하며

아가라고
불러주랴

너는
차가운 침대 위에
말없이 꿈만 꾸고 있는지

별 같은
너의 가슴
숨대롱 꽂고
나 마냥
흔들리고 있음은

내 가진 지식 명철은
새 발의 피

거침없이 노래하는
푸른
네 박동

03 내 영혼의 비누 두 장

　　나는 학생들과 전공의들을 가르치는 대학병원의 교수입니다. 나는 마취 의사이며, 세부 전공은 산과 마취입니다. 나는 늦게 시집(착하고 아름다운, 문화발전소, 시인특선-014, 2017)을 발간한, 늦깎이 시인이기도 합니다. 2016년 4월 20일, '월간시'가 주최한 제7회 추천 시인상 공모에 당선됨으로써 공식적으로 등단하였습니다. 중학교 1학년 때부터 시를 쓰기 시작하였지만, 쓰고 태우고, 쓰고 태우기를 반복하여 그동안 모아둔 시는 거의 없었습니다. 윤동주를 닮길 소망했습니다. 나는 평생을 통해 단한 권의 유작 시집만을 남기려 했었습니다. 아뿔싸, 그런데 나로 하여금 시를 발표하게 하고, 나로 하여금 등단을 하게 만들고, 좋든 싫든 시집을 내어야겠다고 결심하게 만들었던 계기가 우연히 있었습니다. 마취는 나의 소명임을 비로소 가슴에 각인하게 된 어떤 사연이 있었습니다.

　　똑똑. 9년 전 늦가을 저녁 무렵, 내 연구실 문을 두드리는 소리가 있었습니다. 하루의 일과를 끝내고, 샤워를 마치고, 퇴근을 준비하는 중이었습니다. 나이 쉰이 넘은 중년의 남자가 으레 그렇듯이, 모든 것이 권태롭고 의미를 찾기 힘들었던, 그러나 유난히 중증 환자와 보직과 관련된 일이 많아 몸과 마음이 다 지쳐버린, 그런 날의 저녁이었습니다.

　　똑똑. "들어오세요."
　　감색 원피스에 단정한 매무새, 한눈에 봐도 또렷한 이목구비, 옅은 화장의
　　부드러운 눈매, 삼십 대 초반 무렵의 여자. 의료기기 회사 직원의 방문을 꺼리는

나는

"지금 퇴근하려 하는데요. 다음에 오시면⋯⋯"
"저, 혹 ○○○ 교수님 맞으세요? 여기저기 물어서 찾아왔는데⋯⋯"
"예. 맞습니다. 무슨 일로 저를?"
"잠깐 드릴 말씀이 있는데요."

당시 병원 적정진료실 실장을 맡고 있던 터라, 직감적으로 '아, 환자 안전사고 관련 건으로 온 건가⋯⋯'

"일단, 여기 앉으세요. 차 한 잔 가져올게요."

이를 어찌하나. 가슴에 차오르는 짜증과 한숨.

"혹시 저 기억나세요? 두 달 전에 교수님께서 저 마취해 주셨는데요. 저 아기 낳을 때 손잡아 주셨잖아요? 저 때문에 손에 상처가 생겨 피가 났었는데"

"아! 그때⋯⋯"

제왕절개 수술을 할 때, 일반적으로 척추마취를 시행합니다. 또한 태아 활력 징후의 안정을 위해 마취 전 투여는 하지 않습니다. 딱딱한 침대 위에서 척추마취 시술이 끝나기를 기다리는 동안, 산모가 불안해하고 긴장하는 것은 늘 보는 일입니다. 아기가 태어나고 진정제를 투여받고 잠들 때까지, 산모는 의료진들의 다급한 목소리와 움직임들, 수술기구들이 부딪히는 차가운 금속성 소리, 피부와 살을 찢는 소리를 온몸으로 듣고 느끼지만 어쩔 수 없이 감내해야 합니다. 아마도 이만큼 두렵고 무기력하며 절절한 순간도 없을 것입니다. 그러나 특별히 뾰족한 방법이 있는 것도 아닙니다. 나는 산소 캐뉼라를 산모의 코에 거치한 다음, 그저 손만 잡고 있을 수밖에 없었습니다.

"괜찮아요. 내가 여기 있잖아요. 걱정하지 마세요. 모든 걱정은 내가 할게요. 숨을 천천히 들이쉬었다 내쉬었다 해보세요. 금방 괜찮아질 거예요."

대개는 나를 뚫어지게 쳐다보다 이윽고 눈을 감습니다. 이렇게 산모가 조금 안정되면, 가벼운 농담을 주고받죠.

"이제 좋은 시절 다 지나갔네요. 배 안에 있을 때가 편안한데. 아기 이름은 지어놓았나요? 아기방은 어떻게 꾸몄어요? 키우시려면 돈 많이 들 텐데……"

그렇지만, 내 손을 잡은 그 연약한 손에 꾸욱 힘이 들어가는 것은 어쩔 수 없습니다. 나 역시 내 손에 저절로 힘이 들어가는 것을 느낍니다.

"그때 죄송했어요. 제가 손톱으로 너무 세게 눌러 교수님 손에 피가 났었잖아요. 저도 모르게 그만."
"아니예요. 알러지 때문에."
"그때도 그러셨어요. 나이가 들어, 갑자기 없었던 피부 알러지가 생겼다고. 참 고마웠습니다. 그때는 교수님 손만 보였어요. 정말 무서웠는데. 아무것도 생각나지 않고, 이 손만 꼬옥 잡고 있으면, 이 손만 놓지 않으면, 모든 것이 무사히 다 지나갈 것이다……, 오직 그런 마음뿐이었어요. 정말 고마웠습니다. 감사합니다."
"무슨 말씀을……, 제가 당연히 해야 할 일을 했을 뿐인데. 그것 때문에 이렇게 찾아와 주시니, 오히려 제가 미안하고 고맙습니다."

오랜만에 기분 좋은 차 한 잔의 시간이 지나가고, 일어서는 시간. 핸드백에서 곱게 포장한 무언가를 내어놓습니다.

"제 성의입니다. 약소하지만 받아주세요." 깜짝 놀라

"아니에요. 저 이런 것 못 받아요. 제가 부담스러워요. 그 마음만 받을게요."

"교수님. 없었던 알러지가 생겼다고 하셨잖아요. 비누를 바꾸어 보세요. 피부 알러지에는 모유로 만든 비누가 최고예요. 제가 취미로 비누를 만들거든요. 이건 제 아이가 먹고 남았던, 초유로 만든 비누예요."

"예? 그게 무슨?"

"다시 한번 감사드립니다. 건강하세요."

꾸벅. 영문도 모르는 나를 두고, 황급히 문을 열고 나가는 그녀. 잘 가라는 인사도 제대로 하지 못한 채, 여전히 얼떨떨한 나.

예쁘게 포장한 조그마한 상자를 열어보니, 아기 손바닥만 한 황톳빛 비누 두 장. 한동안 '이게 무슨 일이지?' 어안이 벙벙하고, 꼭 꿈을 꾸는 듯. 얼마나 흘렀을까. 눈물이 흘러내렸습니다. 끝내는 통곡이 되어 눈물, 콧물 다 쏟았습니다. 고맙습니다. 고맙습니다. 내가 더 고맙습니다.

이날 저녁, 연구실에서 단숨에 눈물로 쓴 글이 아래의 시 '비누 두 장'입니다. 나의 첫 시집에 실려 있으며, 내가 가장 아끼고 사랑하는 시입니다. 이런 늦은 가을날 저녁이면 그녀가 생각납니다. 고맙고 참 그립습니다. 나의 닫힌 마음을 똑똑 두드려 눈물을 흘릴 수 있게 만들었고, 다시 시를 쓸 수 있게 만들었고, 세상에서 가장 행복한 의사가 될 수 있게 한, 무엇보다 사람과 사람이 이렇게 따스할 수 있음을 가르쳐준, 가을을 닮은 그녀. 언제까지나 아름답고 행복하시길. 이 글을 통해 그때 제대로 다하지 못한 감사의 인사를 다시 한번 더 올립니다. 고맙습니다. 고맙습니다. 내가 더 고맙습니다.

궁금할 것 같아 고백합니다. 비누 한 장을 시험 삼아 써 보았는데, 신기하게도 한 달 만에 손등의 피부염과 가려움증이 없어졌습니다. 나머지 한 장은 곱게 다시 포장한 후, 나만 아는 깊숙한 곳에 내 평생의 보물로 간직하고 있습니다. 대대손손 가보로 물려줄 것입니다.

비누두장

여리디 여린 당신의 허리춤에 긴 마취침 놓고
두려움에 떨고 있는 당신의 눈을 보며
내가 할 수 있는 건 그저 손잡아주며
괜찮아요 괜찮아요
내가 옆에 있잖아요
그 순한 눈매에 맺혀오는 투명한 이슬방울

산고의 순간은 이토록 무섭고 외로운데
난 그저 초록빛 수술복에 갇힌 마취 의사일 뿐일까?
사각사각 살을 찢는 무정한 가위 소리
꼭 잡은 우리 손에 힘 더 들어가고
괜찮아요 괜찮아요
내가 옆에 있잖아요
편히 감는 눈동자 속에 언뜻 스쳐간 엄마의 모습

몇 달 후 찾아와서 부끄러운 듯 내어놓은
황톳빛 비누 두 장
고맙습니다
고맙습니다
우리 아기 먹다 남은 초유로 만든 비누예요
그때
손잡아 주시던 때
알러지로 고생한다 하셨잖아요

\>

혼자 남은 연구실에서 한동안 말을 잊었네

기어코 통곡되어 눈물, 콧물 다 쏟았네

고맙습니다

고맙습니다

내가 더 고맙습니다

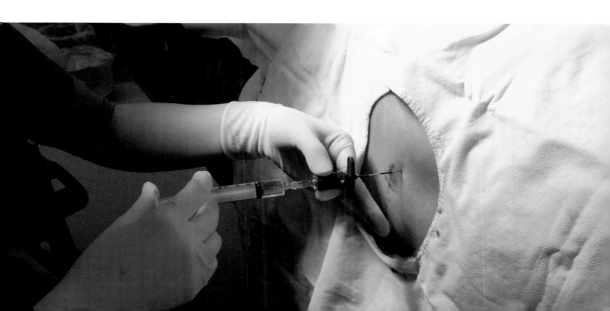

04 나를 깨워주세요

마취 의사가 가장 두려워하는 마취 관련 합병증이 있습니다. 그 이름이 무섭게도 '악성고열증'입니다. 일반적으로 마취 도중에는 환자의 체온이 떨어지는 경향이 있어, 보온에 신경을 많이 써야 합니다. 그러나 악성고열증인 경우, 체온이 분당 섭씨 0.5도 이상씩 상승하며, 심지어 체온이 섭씨 43도 이상으로 올라가기도 합니다. 말 그대로 몸이 불덩어리가 되는 것이죠. 빨리 조치를 취하지 않으면, 생명을 잃게 됩니다. 그러나 진행 속도가 너무나 빨라서 대처하기가 아주 어렵습니다.

이 병은 상염색체 유전자 이상으로 발생하는 아주 드문 유전병의 일종입니다. 보고에 따라 다른데, 마취를 받는 환자 6만 명에서 20만 명 중 1명 정도에서 나타난다고 합니다. 따라서 대부분의 마취 의사들은 평생 한 번도 경험하지 못합니다. 경험해보지 못했으니, 그 나타남을 빨리 알아챌 수도 없고, 발 빠른 치료는 더더욱 어렵겠죠. 주로 흡입마취제나 근육이완제 등의 마취 관련 약제가 근육을 자극하여, 근육세포가 과도한 신진대사를 일으켜 나타납니다. 이 병이 발생하면 일단 체온이 급격히 올라가고 곧이어 저산소증, 대사성 산증, 근육세포 파괴, 심장 및 콩팥을 포함한 내부 장기의 손상으로 이어집니다.

악성고열증 발생이 의심되면, 수술실은 전쟁터가 됩니다. 갑자기 발생한 불을 꺼야 하니까요. 우선 수술과 마취를 중단해야 합니다. 마취기 회로에 묻어있는 흡입마취제를 제거하기 위해 회로를 싹 바꿉니다. 100% 산소로 환자의 호흡을 유지합니다. 정맥에 도관을 넣어 찬 링거액을 퍼붓습니다. 동맥에 도관을 넣어 가스 분석을 하여, 대사성 산증과 전해질 이상을 실시간으로 교정해야 합니다. 얼음물로 환자의 위와 방광을 세척합니다. 물론 환자의 몸 위에 얼음을 올려놓는 것은 당연하겠지요.

단트롤렌. 마법의 약. 악성고열증을 치료할 수 있는 유일한 약. 가히 신이 내린 명약이라고 할 수 있습니다. 그러나 이 약이 있음에도, 여러 가지 문제가 있습니다. 이 약을 썼는데도 환자를 잃은 경우가 종종 보고되고 있거든요. 이 약의 효과 또한 민족마다 국가마다 다르게 보고되고 있죠. 결정적인 문제는 이 약의 가격이 너무 비싸, 모든 병원마다 구비할 수가 없다는 것이죠. 악성고열증이 워낙 드문 병이고, 이 약의 유효기간이 짧아 2년 정도면 폐기를 해야 하니까요. 서울에는 강북의 한 병원, 강남의 한 병원에 비치되어 있어, 환자가 발생하면 급히 빌려서 사용하게 되죠. 다행스럽게도 세브란스 병원은 별도로 이 약을 구매해 두어, 언제라도 사용할 수가 있습니다. 세브란스 병원은 환자의 안전을 최우선으로 생각하는 최고의 병원이거든요.

다행인지 불행인지, 나는 전공의 시절에 딱 한 번 경험해 보았습니다. 마취 후 보온을 위해 환자에게 시트를 덮어주다가 이마를 만져 보았죠. 어라? 마취 전과 다르게 따끈따끈한 거예요. 이상한데. 혹시? 교수님께 연락드렸죠. 위에 묘사한 대로 한바탕 생난리가 났겠죠? 그 당시에는 병원에 단트롤렌이 없어 아까 말한 강북의 한 병원에서 빌려와 급한 불을 껐습니다. 다행히 마법의 약이 잘 들어 그 환자는 살아서 수술실을 나갔고, 중환자실에서 3일 정도 머물다 일반 병실로 갔습니다. 참 고마운 일이지요.

비교적 최근의 일이었습니다. 복막염으로 응급수술이 예정된 중년의 여자분이었습니다. 환자 차트를 보니 악성고열증 병력이 있었습니다. 가슴이 덜컹. 일단 환자를 면담했습니다.

"제가 악성고열증이 있습니다. 10년 전에 수술 받다가 죽을 뻔 했어요. 한 번 온 사람은 다시 더 크게 올 수 있다던데요."

"예. 그럴 가능성이 다분히 있습니다. 근육이 그때 일을 기억하고 있을테니까요."

"제가 마취에서 깨어날 수 있을까요?"

"솔직히 나도 확신이 없습니다. 다행히 우리 병원에 단트롤렌이 있으니, 상황이 닥치면 바로 사용할 수 있습니다. 그러나 단트롤렌이 항상 효과가 있다고 말씀드릴 수 없습니다. 보고에 따라 다르지만, 대략 20% 정도에서는 효과가 없었다고 해요."

"일단 이렇게 해요. 악성고열증에 비교적 안전하다는 정맥마취제를 사용하여 마취를 할까 합니다. 그러나 그 약들도 유발할 가능성이 있습니다."

긴 침묵과 한숨이 이어졌습니다.

"그렇다고 수술을 하지 않을 수도 없지 않겠습니까? 우리 그냥 하늘에 한번 맡겨 봅시다. 저도 최선을 다해볼게요. 같이 한번 빌어보죠. 제가 기도해 드릴게요."

"저는 성당 다니지만, 늘 냉담자였어요."

"나도 그래요. 대학교회 다니는데, 자주 빼먹어요."

수술전처치실에서 기도를 올렸습니다. 어쩌면 환자를 위해서라기보다는 내 자신을 위해 기도했는지도 모릅니다. 속으로 떨고 있었거든요. 프로포폴과 마약성 진통제인 레미펜타닐을 이용하여 마취를 시행하였습니다. 고맙게도 2시간에 걸친 수술 동안 아무 일도, 정말 어떤 일도 일어나지 않고 무사히 회복실로 나갔습니다.

회복실에서 환자의 이마 위에 손을 올려보았습니다. 혹시나 하구요. 환자가 갸름하게 눈을 떴습니다.

"여기 어딘가요? 나 살아있는 건가요?"
"그럼요. 위에 계신 분이 아직 올 때가 아니니, 더 있다가 오시래요."
"고맙습니다. 이제부터 남을 위해 살게요. 성당도 열심히 나가고."

환자의 손을 꼭 잡아보았습니다. 마음속으로 이렇게 말하는 자신을 느낄 수 있었습니다.
'살아 주서서 고맙습니다. 살려 주서서 고맙습니다.'
코끝이 아리고 가슴이 먹먹했습니다. 나로 하여금 시인의 길을 걷게 만든 산모로부터 비누 두 장을 받고 흘린 이후, 참으로 오랜만에 흘려보는 눈물이었습니다.

악성고열증

대부분의 마취 의사는 평생 경험하지도 못하는
드물고 드문 폭발성 체온증가
발생 예측은 거의 불가능

십 년 전 수술 중 갑작스런 발병으로
두 주 만에 겨우 깨어나 죽다 살은 여인
이번에는 중증 복막염으로 수술이 불가피

선생님 저 제 병을 제가 아는데
마취에서 깨어날 수 있을까요

마치 염라라도 된 듯
상황이 닥치면 단트롤렌 쓰겠지만
돌아가실 확률이 최대 20% 정도 됩니다

우리 모든 것 하늘에 맡기죠
제가 기도해 드릴게요
저 성당 다니지만 냉담자인데요
나도 교회 다니지만 비슷해요

두 시간에 걸친 수술 후
회복실에서의 첫마디
나 살아있는 건가요

마치 저승사자라도 된 듯
더 있다가 오시래요
손을 꼬옥 잡으니

선생님 고맙습니다
앞으로 남은 인생 남 도우며 살게요

코끝이 찡하고 가슴이 먹먹
오랜만에 적시는 맑은 눈물 한 자락

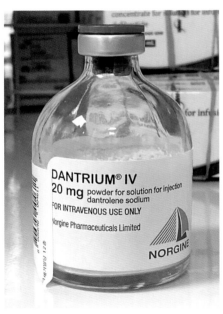
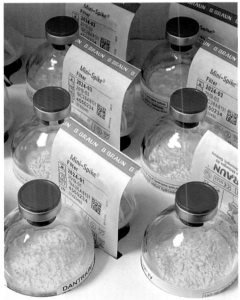

05 먼 곳 가시는 길

사전연명의료의향서(연명의료 거부서)를 작성한 국민의 숫자가 2022년 3월 말까지 123만 명을 넘었으며, 이 중 실제로 연명의료 중단 결정이 이루어진 사례는, 제도 시작 4년 동안 약 20만 건에 이른다는 소식을 듣고 이제 우리나라 국민들도 존엄한 죽음에 대한 관심이 높아졌고, 죽음을 맞이하는 태도에 많은 변화가 왔구나 생각되었습니다. 아마도 무의미한 연명의료에 대한 국민의 인식 변화와 개선책에 대한 요구가 있었고, 이를 뒷받침하는 법과 제도의 개선이 이루어졌기 때문이겠죠.

연명의료란 임종 과정에 있는 환자에게 시행하는 심폐소생술, 혈액 투석, 항암제 투여, 인공호흡기 착용 등의 의학적 시술로서, 치료 효과는 없이 임종 과정의 기간만을 연장하는 의학적 행위를 말합니다. 이를 중단하는 것은 오랜 시간 동안 윤리적, 법적, 의학적, 사회적 문제가 되어왔습니다. 환자의 회생 가능성 여부를 그 누가 자신 있게 판단할 수가 있겠습니까? 1997년 '보라매 병원 사건'에서는 보호자의 요구에 의해 조기 퇴원한 환자가 사망하였는데, 보호자와 담당 의료진이 유죄 판결을 받았고, 2008년 '김 할머니 사건'에서는 가족의 요구대로 인공호흡기를 제거하라는 대법원의 판결이 있었죠. 그 후 장시간의 사회적 토론과 합의의 결과로, 연명의료 결정법이 만들어졌고, 2018년 2월부터 시행되고 있습니다.

연명의료의 중단을 결정하려면, 담당 의사(이후, 주치의로 표기함)를 포함하여 2명의 전문의에 의하여 환자가 임종 과정에 있는지의 판단이 선행되어야 하고, 또한 연명의료 중단 결정에 관한 환자의 의사가 명확하게 확인되어야 합니다. 환자의 의사 확인 방법으로는, 몇 가지가 법적으로 정해져 있습니다. 의료기관에서 입원 중에 작성된 연명의료계획서가 있을 때, 건강할 때 미리 작성하고 등록한 사전연명의료의향서가 있을 때, 의사를 표시할 수 없는 환자인 경우에는 평소 연명의료 중단에 대한 환자 본인의 의사가 있었음을 가족 2명 이상의 일치되는 진술이 있을 때, 이도 저도 어려울 때는 환자 가족 전원의 합의가 있어야 합니다. 상당히 복잡하죠. 그 누구도 한 생명의 살고 죽음을 가볍게 여길 수 없다는 인류의 보편적 양심이 그 바탕을 이루고 있기 때문입니다.

연명의료의 중단이 결정되면, 주치의에 의해 이행되어야 합니다. 여러 번 그 과정을 지켜본 결과, 가족도 힘들겠지만, 주치의도 상당히 힘듭니다. 그래서 법적으로 이행을 거부할 수 있는, 주치의의 권리도 보장해 두고 있습니다. 이럴 경우, 병원장은 윤리위원회의 심의를 거쳐 주치의를 바꾸어야 합니다. 법으로만 규정하고 강제할 수 없는, 살아있는 자들의 깊은 고뇌와 진한 슬픔이 느껴지지 않나요?

나는 나의 아들과 딸, 아내와 함께 종종 존엄한 죽음에 대한 이야기, 연명의료 거부에 대한 이야기를 나누곤 합니다. 나를 포함한 그 어떤 누구도 죽음을 피할 수 없고, 한 인간의 삶은 죽음으로 비로소 완성되니까요. 몇 년 전 가족들과 나의 사전연명의료의향서 작성에 관하여 의견을 나눈 적이 있습니다. 그때는 반대가 심했습니다. 아마도 우리 가족 모두가 어리고 철이 없었기 때문일 겁니다. '아직도 죽음은 나의 것이 아니며, 운명은 바라는 대로 될 것'이라는 어리석은 믿음. 2022년 봄, 나와 내 아내는 사전연명의료의향서를 작성하여 등록하였습니다.

아빠, 나의 그리운 아버지

아빠가 되고 나서
거의 삼십여 년

이윽고
문득

기다림이
사랑이란 것을

이불 밑이
기도라는 것을

띄어쓰기만큼
어쩔 수 없는
이 막연함이
미래의 우리에게 남을 수 있는 고마운 추억이란 사실을

그래도
아무리 그래도

심장을 도려내어 다 내어주어도
감내할 수 있는 나에게는

너희들이
너희들이

나의 전부임을
나의 하나님임을
잊지 않았으면 하는 감히 묻는 들장미 하나

지금에야 이제서야
애비가 무엇인지
살과 피를 준 인연이 무엇인지
알 것도 같다만

오늘은 마냥
진한 눈물을 그냥 두련다
마음껏 울지 못하시던 홀로 눈물이 많았던 내 아빠 내 아버지를 그리며

벌써 20년이 훨씬 지났군요. 고향 동생으로부터 전화가 왔습니다. 다급하고 울음 섞인 목소리가 귓전을 때렸습니다.

"아버지가 위암이라는데, 빨리 큰 병원 가보라는 데. 형 어떻게 해?"
'평소 아픈 곳도 없었고, 몇 년에 한 번씩 건강검진도 받으셨고, 그 맵고 짠 것도 잘 드시던 분이신데……, 술 담배도 일찌감치 끊으셨는데. 도대체 무슨 일? 아마 오진?'

급하게 서울로 모셔, 외래를 보고, 위내시경을 시행하고, CT 촬영을 한 결과, 위암 3기. 또 급하게 수술 일정을 잡고 동분서주. 수술 전날.

"아버지. 암이 조금 진행된 것이라, 수술이 좀 클 수도 있습니다. 아무리 아들이 의사라도, 수술을 받을지 말지는 아버지가 결정하셔야 합니다. 외과 주치의 설명을 잘 듣고 판단하시고 결정하이소."

수술실로 가는 날 아침.

"혹 내가 중환자실에서 인공호흡기 달고 그럴 상황이 되면, 집으로 보내 다오. 나는 답답해서 그런 데 오래 있으면 미친다. 부탁 좀 하자."
"무슨 말씀을? 수술이 그리 오래 걸리지 않을 낍니다. 세계 최고의 위암 수술 명의에게 수술을 받으시는데. 너무 걱정하지 마이소."

개복해 보니, 위 근처의 림프절과 복막은 물론, 간과 쓸개까지 전이된 4기 위암이었습니다. 주치의와 상의 후, 보이는 것은 다 제거하기로 나름 똑똑하다는 의사 아들이 결정하였습니다.

'보이는 암을 모두 제거한 후, 항암치료를 받으면, 우리 아버지는 백 세까지도 거뜬하게 살 수 있을 거야.'

수술 당일 밤부터 열이 나기 시작하였습니다. 새벽에는 소변이 나오질 않았습니다. 다음 날부터 폐렴이 시작되었습니다. 항생제를 아무리 바꾸어 써도 효과가 없었습니다. 호흡곤란이 찾아와 중환자실로 이동하였습니다. 기관내삽관을 하였고, 인공호흡기를 부착하였습니다. 병세가 좋아졌다가 나빠지기가 여러 번 계속되었고, 중환자실 입실과 퇴실, 기관내삽관과 인공호흡기 부착도 수차례 반복되었습니다. 그러기를 2달. 아버지 폐는 하얗게 변했고, 전신 장기의 기능이 급격히 나빠졌습니다. 기흉으로 흉관을 삽관한 폐에서는 붉은 피가 쏟아지기 시작하였습니다.

자정 무렵. 삑삑거리는 모니터가 미워지도록 시끄러운 중환자실에서, 어찌해 보지도 못하시는 아버지 손을 가만히 잡아보았습니다. 가늘게 눈을 뜨시더군요. 깜빡깜빡. 글썽글썽. 새벽이 올 때까지 그 손을 놓지 못했습니다. 그제서야 비로소 아버지의 절실했던 마음이, 마지막 소원이 내 가슴을 후벼팠습니다.

구급차에 아버지를 모시고 앰부배깅을 하며, 김해까지 가는 길은 멀고도 멀었습니다. 원수 같았던 그 기관내삽관 튜브가 주저주저 빠져나올 때, 강도 울고, 새도 울고, 바람도 울었습니다. 참 서럽고 서러웠습니다. 참 미웠고 미웠습니다. 의사인 내가, 대학병원 교수인 내가.

그립고 많이 보고 싶습니다. 당신을 멀리 보낼 수밖에 없었던, 목련이 눈부신 그때 그 봄날.

얼마나 목이 탔을까. 아 애간장이 끊어집니다.

패륜

배를 열어보니
이미 여기저기 전이된 위암

김 교수 어찌할까
그래도 최대한 제거해 주세요
꼭 이겨내실 거예요

여섯 시간이나 걸린 대수술
회복실에서 희미하게 웃으시던 가련한 모습

그날 밤 시작된 발열
곧 이은 폐렴
패혈증 호흡곤란
중환자실로 이동
기관내삽관 인공호흡기 부착
기흉 또 혈흉
두 달 후 결국 다발성 장기부전

집에 가자구요?
마른 눈 애처로이 깜빡 또 깜빡
그래요 고향 집으로 가요 아버지
여윈 눈 글썽 또 글썽

멀고도 멀었던 내 고향 김해
강도 울고 새도 울고 바람도 울고

>
이제 튜브 뽑을게요
많이 답답하셨죠
목 많이 탔지요
우리 곧 다시 만나요 아버지

가늘고 마른 목구멍에 박혀있던
원수 같은 그 숨대롱을 뽑고
모르핀과 진정제가 섞인 링거액 밸브를 활짝 열었다

그렇게 그렇게
대학병원 교수이자 의사인 나는
나를 만들고 키워낸 아버지를 멀리 아주 멀리 보냈다

06 다시는 아프지 않기를

뇌사 환자로부터 장기를 기증받아 새로운 삶을 사는 이들과 그들에게 사랑하는 가족의 장기를 기증함으로써 또 다른 인연을 만들어나가는 이들의 아름다운 이야기는 많이 들어보셨을 겁니다. 그만큼 뇌사 환자의 장기 기증에 대한 인식이 이제는 많이 바뀌었다고 볼 수 있습니다. 우리나라에서는 1979년에 뇌사 환자로부터 기증받은 장기의 이식 수술이 처음으로 시작되었습니다. 2000년 2월에야 비로소 '장기 등 이식에 관한 법률'이 시행되었고, 국립장기이식관리센터(Korean Network for Organ Sharing, KONOS)가 만들어짐으로써 법적, 제도적 정비가 본격적으로 이루어지기 시작했습니다.

뇌사는 호흡과 혈압 등 생명을 유지하는 기본적인 기능을 담당하고 있는 뇌간을 포함한 뇌 전체의 기능이 완전히 손상되어, 어떠한 자극에도 반응이 없는 혼수상태로 정의하고 있습니다. 따라서 자발적 호흡이 없고, 움직임도 없으며, 심장박동만 간신히 남아있으며, 결국 심정지로 사망하게 됩니다.

뇌사 판정 과정은 상당히 복잡합니다. 2차례에 걸친 뇌사 조사가 진행되는데, 생후 2개월에서 1세 미만은 48시간, 1세 이상에서 6세 미만은 24시간, 6세 이상은 6시간의 간격을 두고 시행해야 합니다. 30분 이상 지속되는 평탄뇌파 소견은 뇌사 판정에 반드시 있어야 합니다. 그 후 신경(외)과 전문의와 비의료인 등이 포함된 뇌사 판정위원회에서 과반수 참석, 출석위원 전원의 찬성이 있어야, 뇌사로 최종 판정됩니다. 나는 5년 정도 뇌사판정위원회에서 위원으로 일을 했는데, 그 어떤 위원회보다 분위기가 무거웠고 침울했으며, 회의 방식도 무미건조하고 엄격했음을 기억합니다. 회의가 끝나면, 제대로 된 인사도 없이 뿔뿔이 서둘러 헤어지곤 했던 것도 아픈 기억으로 남아있습니다.

뇌사 및 장기 기증이 최종 결정되면, 장기 적출 때까지 장기의 손상을 최소화하기 위하여 중환자실에서 뇌사 환자를 집중적으로 관리해야 합니다. 장기 및 조직으로의 적절한 산소 공급을 위하여, 적절한 순환 혈액량과 심박출량, 전신 관류압을 유지해야 합니다. 적절한 수준? 우리는 '100의 법칙'이라 부르는데, 수축기 혈압은 100mmHg, 소변량은 시간당 100ml, 동맥혈산소분압은 100mmHg, 혈색소는 100g/L 이상을 목표로 합니다. 그 외 고나트륨혈증 등 전해질을 교정해주어야 하고, 인공호흡기를 통한 세밀하고 엄격한 폐 관리도 필수입니다.

뇌사 환자 마취를 하고, 장기를 적출하는 수술실의 분위기는 보통 때와는 전혀 다릅니다. 일단 의료진들이 말이 없습니다. 꼭 필요한 말만 조곤조곤히 합니다. 음악은 당연히 없지요. 무거운 공기가 수술실을 짓누릅니다. 우선 마취를 합니다. 환자 배를 가릅니다. 하대정맥과 복부 대동맥을 박리하고, 적출할 장기 주변의 혈관을 정리합니다. 피가 굳지 않게 항응고제인 헤파린을 투여합니다. 대동맥을 결찰하고, 냉각된 보존액으로 전신 관류를 합니다. 곧 심장이 멈춥니다. 이 이후에는 모든 마취 기계가 정지됩니다. 약제와 수액 투여도 중단합니다. 심장, 폐, 간, 췌장, 소장, 콩팥 순으로 계획된 장기를 적출한 후에 배를 닫습니다. 이걸 지켜보고 있노라면, 정말 숨이 컥컥 막혀옵니다.

장맛비가 줄기차게 내리던 여름날 저녁이었습니다. 원인 모를 뇌출혈로 뇌사 최종 판결을 받은 어린 아이가 수술실로 들어왔습니다. 불과 세 시간 전에 내가 참가한 위원회에서 최종 판정을 내렸는데, 마침 당직이라 마취를 하게 된 것입니다.

대동맥을 결찰하기 전과 심장이 멎은 후에, 아이의 이마에 손을 얹고 기도를 올렸습니다. 부디 좋은 곳으로 가라고. 다시는 아프지 말라고.

수술장을 나와 연구실로 가는 길이었습니다. 한 젊은 여인이 수술장 문 바깥의 복도 벽에 얼굴을 묻고, 어깨를 들썩이고 있었습니다. 아이의 엄마였습니다.

"어머니. 좋은 곳으로 갔을 거예요. 다시는 아프지 않을 거예요."

하염없이 흐르는 그 눈물 앞에 무슨 말이 위로가 되겠어요? 물끄러미 쳐다만 보다가 발걸음을 돌렸습니다. 나 역시 왈칵 쏟아지는 눈물을 어찌할 수 없었습니다. 마침 번쩍 번개가 쳤습니다. 멀리서 우르릉 쾅쾅 하늘이 더 아파서 통곡하고 있었습니다.

착한 아가. 잘 자거라.
착한 천사. 다시는 아프지 말거라.

나의 천사 나의 아가야

나의 천사
나의 아가야
널 낳을 때, 괴로움 다 잊어버리고
기를 때, 밤낮으로 그리 애를 썼건만
너는 왜 거기
진자리 마른자리 고단한 침대 위에
말도 없이 가만히 누워만 있니

나의 천사
나의 아가야
이제 겨우 생후 9개월
눈에 넣어도 아프지 않을
내 어여쁜 아가야

눈물도 말라버린 이 어미는
이제
너의 손을 놓으려 한다
천 갈래 만 갈래 찢어지는 가슴으로
이제
너를 보내려 한다

그런데
그것도 모자라

하나님이 주신
네 심장과 폐, 간과 콩팥을 꺼내어
다른 아이에게 주려 한다

나의 천사
나의 아가야
미안하고 미안하고 미안하고 또 미안하고
고맙고 또 고맙다
나의 보배, 나의 전부, 나의 분신, 나의 천사여

그러나
나의 천사
나의 아가야
이제
우리 서러워 말자
너로 하여 다른 생명들이 다시 살 수 있다면
너로 하여 다른 어미들의 눈물이 마를 수 있다면
너에게는 또 다른 형제들이 생기는 것이고
나에게는 또 다른 너가 생기는 것이니까

이제는
푹 쉬려마
이 모질고 못난
어미의 품을 떠나
다시는 아픔이 없고, 눈물이 없는

우리 곧 만날 그곳에서
아가, 잘 자거라

나의 천사
나의 아가야

07 수술전처치실

　35년 전 의과대학 학생 시절에 콩팥에 병이 생겨 수술을 받은 적이 있습니다. 그 때는 요즘처럼 수술장 구조가 현대적이지도 않았고, 구역들이 명확히 구분되어 있지도 않았지요. 어수선하고 무언가 안정되지 않은 시장통에 들어온 느낌이었습니다. 그리 멀지 않았던 시절에 대학병원 응급실에 가면 환자들이 바닥에 여기저기 누워 있고, 보호자와 환자 그리고 의료진이 뒤섞여 난리를 치던 상황을 생각하시면 얼추 비슷할 듯합니다.

　수술 전날 병실에서, 간호사가 내미는 수술 및 마취 동의서에 아무런 설명도 듣지 못한 채 사인을 하였지요. 주치의와 마취 의사는 만나보지도 못했고, 내일 언제쯤 수술장으로 가는지도 모른 채 불안 속에서 밤을 꼬박 새웠지요. 수술 당일 아침에도 주치의는 보이지 않았고, 전공의와 간호사에게 언제쯤 수술을 받는지 물어보아도 대답도 없이 무성의하게 그냥 부를 때까지 기다리라고 했습니다. 오후 3시가 넘은 시각에 간호사가 들이닥치더니 엉덩이에 무언지도 모를 주사 1대를 놓고, 속옷을 모두 벗고 밑이 터진 낡은 원통형 환자수술복(마치 큰 통치마 같은)으로 갈아입으라고 했습니다. 지금도 기억나는 것은 옷은 너무 커서 가슴이 다 드러날 지경이었고, 단추마저도 군데군데 떨어져 있었습니다. 덜컹거리는 카트를 타고 꼬불꼬불 병실 복도를 돌고 돌아 수술장 안으로 들어갔습니다. 카트에 누운 채, 복도의 천장을 쳐다보았습니다. 갑자기 공포가 밀려왔습니다. 천장은 오래되고 낡은 하얀색 배관이 다 노출되어 있었으며, 벽들도 덕지덕지 지저분했습니다. 어느 수술실 앞의 복도에서, 카트 위에 누워 한참을 기다렸습니다. 얇은 시트 한 장이 전부인 내 몸은 겁에 질려서인지, 추위 때문인지 덜덜 떨고만 있었습니다. 내 곁으로 연신 의료진들이 분주히 지나갔지만, 그 어느 누구도 나에게 관심을 보이지 않았습니다. 여기저기 터져 나오는 고함소리, 카트와 침대 지나가는 소리, 수술기구 부딪치는 소리, 왁자지껄 청소하는 소리. 이건 정말 아우슈비츠 수용소가 따로 없었습니다. 그때는 그런 것이 어쩔 수가 없었던 것이었을까요? 이제는 그렇지 않습니다. 변해도 참 많이 변했습니다.

환자가 병원의 외과 외래 진료를 본 후, 수술이 필요하다고 판단이 되면, 대개 마취과 외래(수술전협진실)를 방문하게 됩니다. 거기에서 자세한 병력을 청취하고 신체상태를 평가합니다. 여기에는 마취 의사뿐 아니라 내과 의사들도 상주하기 때문에 필요한 경우, 바로 협진을 시행합니다. 환자는 그 자리에서 자신의 신체상태 및 마취 위험도에 대해서 자세한 설명을 들을 수 있고, 마취 동의서에 서명을 하게 됩니다.

예전에는 수술 며칠 전에 입원하여 안정을 취하고 준비하는 것이 일반적이었으나, 요즘은 거의 하루 전날 입원하여 준비하거나, 당일 집에서 병원 수술장으로 바로 오는 경우도 상당히 많습니다. 최근 대학병원의 수술장 시설은 매우 훌륭합니다. 환자 중심으로 설계가 되어, 평안하고 안전하게 수술을 받을 수 있습니다. 외국 유수의 병원과 비교해도 절대 뒤지지 않습니다. 우선 수술전처치실, 수술실, 회복실, 마취준비실, 세척실, 소독실 등 업무에 따른 구역의 구분이 확실히 되어있습니다. 각 구역의 공간은 충분하게 넓고, 환자의 프라이버시를 가능한 침해하지 않도록 설계되어 있으며, 화재를 포함한 각종 재난에도 긴급 조치 및 대피할 수 있는 시설이 잘 갖추어져 있습니다. 그만큼 국가와 국민의 의식 수준이 높아진 결과이지요.

환자가 수술장에 도착하면, 감염이 있는 환자이거나 응급수술이 아닌 경우, 수술전처치실로 들어오게 됩니다. 가족 및 보호자와 이별하고, 여기에 혼자 들어오면

'아 내가 이제 수술을 받는구나' 뼈저린 실감을 하게 됩니다. 불안하지요. 갑자기 혼자인 것이 서럽고 외롭겠지요. '혹 수술이 잘못되면?, 마취에서 못 깨어나면?' 두려움이 밀물처럼 밀려오겠지요. '내가 잘못되면 내 가족들은 어떻게?' '평소 좀 더 잘해 줄걸.' 회한도 들겠지요. '하필 내가 왜? 무엇 때문에.' 원망도 하겠지요. '이제부터 착하게 살겠습니다.' 마음속으로 빌어도 보겠지요. 갓난쟁이들은 본능적으로 울음을 터트립니다. 그 울음소리가 여기저기 메아리가 되어 갑자기 숙연해집니다. 어떻게 아냐구요? 내가 경험해 보았고, 거의 매일 보고 있거든요.

우리 병원의 수술전처치실 천장에는 성경 말씀이 새겨져 있습니다. 조용한 찬송가와 클래식이 흐릅니다. 환자의 불안한 마음을 다독이고자 하는 수술장 직원들의 마음을 담은 것이죠. 낮에는 목사님이 늘 상주하고 있어, 환자의 손을 잡고 기도를 해주십니다. 그래도 불안이 가시질 않으면, 항불안제를 주사하기도 합니다.

여기에서는 그 외에도 환자의 안전을 위해 많은 것들이 이루어집니다. 환자의 이름과 등록번호, 수술 부위를 다시 확인합니다. 각종 동의서를 챙기고, 부족한 부분이 있으면, 환자와 보호자에게 설명을 추가로 드립니다. 감염 예방을 위하여 항생제를 투여합니다. 한 번 더 환자의 병력과 신체상태를 확인합니다. 특히, 안전한 마취를 위하여, 치아를 포함한 기도(airway) 상태를 면밀하게 검사합니다. 약물이 들어갈 정맥도관과 정맥의 상태를 점검합니다.

정말 자랑하고 싶은 것은 여기에서 일하는 우리 의료진들의 태도입니다. 환자들의 불안한 마음을 깊이 이해하고 있기에, 항상 친절하고 따스하게 대하려 노력하고 있고, 병원에서도 지속적으로 교육과 훈련을 시키고 있습니다. 수술장 의료진과 환자 사이의 신뢰. 바로 이곳에서 시작됩니다.

많은 분들이 마취와 수술을 받고 나서, 삶에 대한 태도가 확연히 달라졌다고 합니다. 아마도 그 깊이를 알 수 없는, 운명을 홀로 마주했기 때문일 것입니다. 삶과 죽음이 교차 되는 순간을 느껴보았고, 내면의 목소리에 귀를 기울일 수 있었고, 비로소 착하고 아름다운 눈물을 흘릴 수 있었기 때문일 것입니다.

이 눈물의 의미

수술을 위해
전처치실에 들어오면
누구나 다 눈시울이 붉어진다
가슴이 뛰는 소리가
천장을 울린다
아마도
죽음을 기다리는
사형수의 심정이 이러하리라

분주히 움직이는 의료진 사이로
사뭇 흐르는 긴장감

말 못하는 갓난쟁이의 본능적인 울음소리에
곱게 화장한 처녀 아이도
근육질의 헌칠한 총각 아이도
입 굳게 다문 중년의 아저씨, 아주머니도
머리 하얀 할아버지, 할머니도
천장만을 응시하다
호수처럼 눈물 고인
순박한 눈 꼬옥 감는다

어찌해 볼 수도 없이
엄습해 오는 공포, 이 떨림

하필 내가 왜

원망도 들 것이며
좀 더 잘해 줄걸
회한도 들 것이며
앞으로는 이렇게 살아야지
다짐도 할 것이고
부끄럽고 초췌한 마음
여기저기 빌어도 볼 것이다

이렇게
우리 모두는
운명 앞에
홀로 마주 서면
착한 아이가 된다
그렇게
착한 눈물을 흘리게 된다

그걸 통해
착하고 아름다운 관계에 대하여
추억에 대하여
삶에 대하여
죽음에 대하여
내면의 소리에 비로소 귀를 기울이게 된다

이것이 바로 '이 눈물의 의미'이다

08 꼭 배워두세요

할 수 있으세요? 심폐소생술. 모르신다구요. 정말요? 이건 꼭 배워두셔야 합니다. 가족과 이웃을 살릴 수 있는 매우 유용한 방법입니다. 심정지가 발생했을 때, 목격자가 현장에서 바로 시행한 경우에는 시행하지 않았을 때보다 생존율이 무려 2~3배 높아지거든요. 자동제세동기를 사용한 경우에는 무려 5배 이상 생존율이 높아져요. 가까운 소방서나 보건소에 문의해 보시면, 일반인들을 위한 교육 프로그램을 안내받으실 수가 있습니다. 또한 인근의 큰 병원이나 대한심폐소생협회나 대한적십자사 등에서도 운영하는 프로그램들이 있으니, 이참에 꼭 배워두시면 혹시나 후회할 일이 생기지 않을 겁니다. 내 가족과 이웃은 내가 지켜야죠.

병원 바깥에서의 심폐소생술은 딱 두 번 해보았습니다. 15년 전 서울에서 싱가포르로 가는 비행기 안이었습니다. 어떤 할아버지 한 분이 의식을 잃고 쓰러져 긴급히 의사를 찾는 방송이 나왔습니다. 승무원이 제세동기와 산소를 준비하는 동안 심폐소생술을 시행하였는데, 몇 분 후 의식이 돌아왔습니다. 맥박과 혈압을 체크하면서, 싱가포르에 도착할 때까지 이 할아버지를 간호하였죠. 이때 처음으로 비행기 조종실에 들어가 볼 수 있었고, 거기에서 싱가포르 현지의 의사와 무선 통화를 하였습니다. 물론 환자 상태에 관한 이야기였고, 내가 전문 심장소생술을 할 줄 아는 대학병원의 마취통증의학과 교수라는 것을 밝히자 안심하는 목소리였습니다. 공항에 도착하니, 몰디브까지의 나머지 여정은 일등석으로 짠하고 바뀌어 있었습니다.

비교적 최근의 일입니다. 아주 추웠던 겨울, 토요일 이른 시간이었습니다. 딸을

영웅은 결코 멀리 있지 않습니다. 우리 모두도 영웅이 될 수 있습니다. 설령 영웅이 되지는 못하더라도, 하늘이 칭찬하는 착한 사마리아인은 될 수 있습니다. 우리 모두 힘내자구요. 뜻이 있는 곳에 길은 항상 있답니다.

생명의 노래*

의식 확인 일어나세요
가장 먼저 119 신고
시작해요 심폐소생술

두 손 겹쳐 90도
가슴 압박 30회
턱 들고 코 막고
인공호흡 후~후~

그래도 깨어나질 않아~
제세동기를 사용해보자!

전원을 켜요
패드 부착 기기 연결
물러서세요 전기충격

다시 한 번 CPR
두 손 겹쳐 90도
가슴 압박 30회
턱 들고 코 막고
인공호흡 후~후~

* 세브란스 병원 CPR 경연 대회에서 누구보다도 훌륭한 모습을 보여준, 세브란스 어린이집 어린이들의 심폐소생술, 생명의 노래입니다.

09 삶과 죽음이 교차하는 곳

　중, 고등학교 때, 5일마다 여는 새벽 시장을 쏘다니기를 좋아했습니다. 괜히 공부가 되지 않거나 힘이 들 때면, 새벽 5시쯤 일어나 한바탕 돌아보곤 했죠. 새벽 시장을 좋아하는 것은 지금도 여전합니다. 거기 가면, 싱싱한 활어처럼 팔딱팔딱 살아 움직이는, 열정적이고 생동감 있는 사람들의 모습을 볼 수 있기 때문입니다. 그들이 살아가는 모습을 보면, 왠지 나도 살아있다는 느낌, 힘차게 살아내야지 하는 다짐을 다시금 하게 되더라구요. 그래서 힘들고 지쳐 삶의 의미를 잘 모르겠다는 주위의 지인들을 보면, 새벽시장을 한번 가보라 주저 없이 권합니다. 거기 가서 무작정 걸어보고, 따끈따끈한 국밥도 맛보고, 내키면 회 한 접시에 찬 소주도 한 잔 털어 넣어보라고. 특히 부산 자갈치 시장이나 삼척 번개 난전 어시장.

　한동안 병원에서 적정진료실 부실장과 실장이라는 중책을 맡았습니다. 각종 국내외 의료기관 평가와 이에 대한 의료진 교육을 책임져야 합니다. 가끔 환자안전사고가 발생하면, 그것을 조사하고 수습해야 합니다. 마음이 무겁습니다. 힘이 부칩니다. 특히 격앙된 환자 보호자와 오랫동안 면담을 하고 난 후와 관련 교수님을 모시고 경찰서와 법원을 들락거린 후에는 특히 더하죠. 수술 후 발생한 심정지 후에, 의식불명에 빠진 환자 보호자 한 분이, 한 달가량 병원 입구와 로비에서 1인 시위를 이어오고 있었습니다. 나와는 자주 만나서 얼굴이 익었습니다. 어느 화창한 일요일이었습니다. 병원 교회에서 예배를 보고 난 후, 갑자기 이 환자를 위해 기도를 하고 싶었습니다. 그래서 이 환자가 누워있는 중환자실로 올라갔습니다. 보호자가 환자 곁에 있었습니다.

"뭐 하러 왔어요? 언제 죽을까 보러 왔어요?"

"무슨 말씀을? 기도하러 왔어요. 안타깝고, 미안하고……, 기도해도 될까요?"

"……"

"같이 해요"

한참 동안 환자의 손을 잡고 기도했습니다. 꿈에서 깨듯이 번쩍 눈을 뜨시라고. 기지개를 활짝 켜고, 보란 듯이 일어나시라고.

얼마쯤 지났을까. 조금 떨어진 곳에 있던 환자 한 분에게서 심정지가 발생했습니다. 코드블루 코드블루. 본능적으로 달려가 심폐소생술을 시행했습니다. 한참 동안 난리통이었죠. 무사히 환자의 활력이 돌아왔습니다. 기도했던 환자 침대로 와 보니, 그 보호자는 보이지 않았습니다. 매일 마음을 무겁게 했던 1인 시위는 그 다음 날 없었습니다. 그 다음 날도. 또 그 다음 날도.

평범한 것들

하늘이 어떤 색인지 한 번 보는 것
바람 소리를 한 번 들어 보는 것
꽃향기를 한 번 맡아 보는 것
내 손으로 밥 먹어 보는 것
내 다리로 거리를 걸어 보는 것
내 힘으로 숨을 쉬어 보는 것
단 한순간만이라도 통증을 느끼지 않아 보는 것

이 평범한 것을 그토록 갈망하는 우리 이웃들이 있다는 것
이 당연한 것이 얼마나 큰 축복인지
절대로 잊지 마시길

병원에서 중환자실만큼 절박한 곳이 있을까요? 환자에게도 보호자에게도 의료진에게도. 아버지는 수술 후 중환자실에서 두 달 정도 계시다가 결국 돌아가셨습니다. 내 동생은 크게 다쳐 10시간이 넘는 수술을 받고 중환자실에서 오랫동안 있다가 다행히 상태가 좋아져 일반 병실로 옮길 수 있었습니다. 나는 대학 시절 음독을 하여, 강원도의 한 병원 중환자실에서 보름 정도 있었습니다. 죽겠다는 결심이 언제부터인가 꼭 살아서 여기를 나가야겠다는 오기로 변했던 기억이 아직도 남아있습니다.

　전공의 시절을 돌이켜보면, 중환자 의학 공부가 참 재미있었습니다. 특히 호흡부전과 패혈증, 산소요법과 인공호흡기를 사용한 기계 환기. 모두가 잠든 한밤중, 하얀 조명 아래, 삑삑대는 모니터 소리를 들으며, 각종 약을 투여하고, 환자 상태를 확인하고 또 확인하고. 인공호흡기를 조절하고 또 조절하고. 어떤 때는 심폐소생술 또 소생술 또 소생술, 밤을 꼬박 새기도 하였지요. 마취통증의학 전문의가 되고 나서는 중환자 의학 공부를 1년 정도 하였고, 그 후 중환자 세부전문의 자격증을 따기도 했죠. 아마도 힘이 들었나 봅니다. 그 후 중환자실 근무를 포기한 것을 보면요. 지금 중환자실에서 전담으로 근무하는 후배나 제자들을 보면 참 열심히 합니다. 교수인데도 이틀에 한 번씩 당직 근무를 합니다. 주말에도 자주 병원에 나옵니다. 간호사들도 안타까울 정도로 격무에 시달리고 있습니다. 환자는 꼭 차 있는데, 충분한 인력 보충은 어렵고. 왜냐구요. 지금의 건강보험 수가 하에서는, 중환자실은 환자를 많이 보면 볼수록 적자가 커지는 구조이기 때문입니다. 중환자실 원가보전율은 일반 병실과 비교하면 훨씬 낮으며, 인력과 비용이 더 많이 필요한 외과계 중환자실은 내과계보다 더 낮습니다. 중환자실에 대한 국가와 국민의 인식이 바뀌고 적정수가가 보전되어, 중증 환자에 대한 시설 투자 및 전문 의료인력의 보충이 선진국 수준으로 하루빨리 이루어졌으면 합니다.

많은 분들이 중환자실에 가면 죽으러 가는 것으로 오해를 하고 있습니다. 절대 아닙니다. 사실 환자를 중환자실로 보내는 이유는 병원의 온갖 역량을 투입하여, 한 사람이라도 더 살리고자 함입니다. 비록 적자 운영이지만, 의료진들은 오직 그 마음뿐입니다. 한 생명이라도 헛되이 놓칠 수 없다. 오늘도 출혈이 5000ml나 되었지만, 무사히 췌장암 수술을 마친 환자 한 분을 중환자실로 모셨습니다. 철저한 모니터링 하에서, 진통제와 진정제 투여를 받으며, 하룻밤 정도 깊은 안정을 취하고 나면, 아마 내일쯤 병실로 이동하여 그리운 가족들을 만날 수 있을 겁니다.

대한중환자의학회 로고에는 사랑과 심장의 의미인 하트를 바탕으로 좌측으로부터 의학의 상징인 십자 문형과 가운데 사람 얼굴의 형상, 오른쪽의 심장과 폐의 형상으로 구성되어 있습니다. 이에는 인간애를 바탕으로 하는 중환자 의학 의료진의 깊은 마음이 담겨 있습니다.

"오늘도 중환자실에서 죽음과 싸우는 환자 여러분들. 용기를 내세요. 포기하지 마세요. 여러분은 결코 혼자가 아닙니다. 우리가 끝까지 함께합니다. 우리는 포기를 모릅니다. 우리는 사랑으로 당신들을 지켜낼 것입니다."

회심

삶이 뭔지 잘 모르겠다는 이 친구야

중환자실 가본 적이 있니
삶과 죽음이 피를 흘리며 싸우는 그곳
하얀 조명에
밤도 낮도 구분 없이
씩씩 인공호흡기 돌아가는 소리
삑삑 모니터 깜빡거리는 소리
하나 둘 셋 넷…… 여기저기 심폐소생술
의료진 분주히 뛰어다니는 소리
생로병사, 삼계제천三界諸天이 다 거기에 있어

삶이 지겹다는 이 친구야

중환자실에 눕는 거 상상이나 해 보았니
실낱같은 목구멍에 숨대롱 꽂고
여기저기 바늘 찔러 주렁주렁 약을 달고
텅 빈 눈동자
희미한 의식
천근이요 만근이요
어찌해 볼 수도 없는 눕혀진 몸뚱어리
자존심과 품위는 사치
절박함이 먼저 말을 걸어오는 곳

삶과 죽음이, 처절한 운명이 다 거기에 있어

누구는 그 문을 웃으며 나올테고
누군가는 그 문을 표정 없이 나올테니

그러니
삶을 허투루 여기지 마
삶에 대한 최소한의 예의는 갖춰
이 큰 병원의 그 많은 중환자실도 없어서 못 가니까

이제는 조금 알 것도 같니, 이 친구야

죽음이 전해주는 속삭임을 귀 기울여 잘 들어
마음을 똑똑 두드려 가슴을 뜨겁게 해
눈 바로 뜨고 네 삶이 어떠한지 똑바로 쳐다봐
살아있다는 것이 무엇인지
죽어가고 있다는 것이 무엇인지
시한부 우리 인생
그 간절함이 무엇인지
세상에는 중환자실 같은 교실도 없으니까

그래도 잘 모르겠으면
이 빠지고 등 굽은
우리네 어르신들
눈물로 들으시는

회심곡 한 자락
가슴에 손을 얹고 한 번만 잘 들어봐

여보아라 청춘들아
네가 본래 청춘이며
내가 본래 백발이냐

11 권역외상센터

2014년 가을로 기억됩니다. 고향 김해에서 대학교 1학년 큰 조카로부터 다급한 전화가 걸려왔습니다. 거의 울음이 반이었습니다.

"큰아빠. 아빠가 공장에서 큰 사고가 나서 지금 부산대 병원으로 실려 가고 있어요. 의식도 없는 것 같고. 온몸이 피투성이예요."
'이게 무슨 일이야? 늘 신중하고 조심성 많은 동생인데.'

거대한 콘크리트 반죽 이송기에 몸이 끼였다고 했습니다. 청소 및 점검을 하고 있는 도중에 새로 온 신입직원이 전원 스위치를 켜버린 것입니다. 다리부터 온몸이 톱니 사이로 말려 들어가 겨우 가슴 부위에서 멈추었다고 합니다. 어깨에서부터 허벅지까지의 피부는 모두 벗겨져 버렸습니다. 간과 비장, 콩팥, 그리고 소장이 파열되었습니다. 대장은 일부 밖으로 노출이 되었고, 직장은 찢겨져 나갔으며, 항문은 겨우 흔적만 남았습니다. 다행인 것은 척추뼈가 부러졌지만, 척수 신경의 손상은 그리 심하지 않았습니다. 김해 시내에 있는 가장 큰 병원으로 갔으나, 장기 손상의 정도가 심하고, 큰 수술이 필요함에 따라 부산대학교 병원 권역외상센터로 전원되었습니다. 공항으로 가는 택시 안에서 부산대학교 병원 마취통증의학과 과장님께 급히 전화를 드려, 제 동생의 사정을 말씀드렸습니다. 그렇지 않아도 지금 김해에서 초응급 중환이 오고 있다는 보고를 받고, 기다리고 있다고 하셨습니다. 고맙게도 외상 전용 수술실을 비워놓고, 외상 외과와 마취통증의학과 선생님으로 구성된 외상 팀이 머리를 맞대고 의논 중이라고 했습니다. 혹시 몰라 ECMO라 불리는 체외

심폐순환기도 준비해 놓았다고 했습니다.

거의 10시간이 넘는 대수술이었습니다. 수술실에서 마취 의사로 일을 한 지 20년이 넘었지만, 수술이 끝날 때까지 초조 긴장은 이루 말할 수 없었습니다. 자정 무렵 중환자실로 옮겨진 후, 중환자실에서 몇 달을 더 있어야 했습니다. 그 사이 개복 수술을 몇 번 더 받았고, 피부 이식 수술도 여러 차례 받았습니다. 항문성형술도 여러 번 시행했으나 결국 실패하여, 장루 수술을 받아야 했습니다. 얼마나 힘들었을까요? 아마 나 같았으면 견디지 못했을 겁니다.

내 동생아

콘크리트 이송기에 온몸이 짓눌려져

혼수상태로 실려 와
큰 수술만 세 번 피부 이식만 다섯 번
항문이 자꾸 막혀 확장술만 열여 차례

형! 사는 것이 지옥이다
항문 뚫는 것 너무 너무 싫다
마음도 아프고 몸도 아프고
차라리 죽고만 싶다

눈물 가득 고인 눈으로
나를 뚫어지게 쳐다본다

그래 그래
그만하자
그동안 얼마나 아팠었니
이제 장루 수술하자

피를 나눈 동생
의사인 나도 어쩔 수 없어
화장실 들어가서 소리 없이 펑펑 운다

\>
그래 까짓 항문 없으면 어때
살아만 있어라
이 꼭 깨물고 살아만 있어줘라
죽는다는 소리는 입 밖에 내지 마라

다시는
다시는

우리나라 각 지역에는 권역별로 나누어, 권역외상센터가 여럿 있습니다. 2012년 5월에 '중증외상센터 설립을 위한 응급의료에 관한 법률 개정안(일명 이국종법)'이 우여곡절 끝에 국회를 통과하였고, 2012년 11월에 5곳의 기관이 선정됨으로써 한국 최초의 권역외상센터가 탄생하게 되었습니다. 지금은 전국에 17곳의 권역외상센터가 운영되고 있습니다.

권역외상센터는 말 그대로 중증 외상 환자가 병원에 도착하는 즉시, 응급조치를 취하고 필수적인 수술 및 시술을 제공해야 하는 시설입니다. 즉각적인 조치를 취하지 않으면 곧 사망에 이르는 환자를 구하기 위해 만든 곳이죠. 중증 외상을 입은 후, 신속한 치료를 받지 못해 사망한 환자의 비율을 '예방가능외상사망률'이라고 합니다. 이는 중증 외상 환자 치료에 있어서 가장 핵심적인 진료체계 성과 지표입니다. OECD 상위권에 있는 국가들의 지표는 대략 10% 전후에 있습니다. 우리나라는 2015년 조사에서 전국적으로 30% 정도였고, 2017년 조사에서는 19.9%가 나왔으며, 2019년에는 15.7%로 나왔습니다. 비록 많은 발전이 있었지만, 아직 갈 길은 멀고도 험합니다.

권역외상센터 운영에 있어서, 몇 가지 문제점들이 알려져 있습니다. 아마도 독자 여러분들은 아주대 이국종 교수의 책과 인터뷰, 또 언론의 심층취재 등을 통해 어렴풋이나마 알고 계시리라 생각됩니다. 한마디로 돈이 되지 않습니다. 도리어 적자일 때가 많습니다. 일단 중증 외상 환자를 살리기 위해서는 전문 의료인력도 많이 필요하고, 더 많은 시설, 설비, 약제 등이 요구됩니다. 건강보험에서 인정하는 치료, 약제, 기자재만으로 모든 것이 해결될 수 있다면, 얼마나 좋겠습니까? 대부분의 중증 외상 환자들은 건설업, 운수업, 산업현장 등 상당한 위험이 상존하는 현장에서 일을 해야 하는 근로자들이 많습니다. 이들은 저소득층인 경우가 많아, 건강보험이 적용되지 않는 부분의 치료비 마련이 쉽지 않습니다. 병원은 국가로부터 시설 및 인건비의 일부를 지원받는다 하더라도, 시설과 인력에 과감히 투자하기가 사실 어렵습니다. 경제적인 문제 때문이겠죠. 외상센터 의료진들은 항상 지쳐 있습니다. 24시간 대기 상태에 있어야 합니다. 주말도 휴일도 없이 36시간 이상 연속으로 밤새워 일하는 것이 다반사입니다. 환자를 위해 일하다, 정작 본인들이 죽을 판입니다. 골든아워를 지키기 위하여 도입한, 환자 수송을 위한 헬리콥터 운용을 위한 헬리패드 건설에 대한 주민들의 민원도 심각합니다. 밤낮으로 들리는 심각한 소음 때문이죠. 무조건 주민들만 탓할 일도 아닙니다. 그러나 헬기 소음을 차단할 차음시설 설치나 민원 및 보상금 마련을 개개의 병원이 해결하기란 참 어렵고 난감합니다.

이 모든 것을 국가가 적극적으로 나서서 해결할 방안이 없을까요? 어렵게 외상센터를 운영하는 민간 병원들에게 운영에 충분한 현실적인 건강보험 수가를 보장할 수가 없다면, 국가가 세금에서 재원을 마련하여, 국립병원을 통해 외상센터를 직접 운영하면 어떨까요? 중증 외상 환자를 위한 외상센터 문제는 국민의 기본권에 해당하는 안전권에 관련된 문제입니다. 우리 모두가 긴급한 처치가 필요한 중증 외상 환자가 될 수가 있습니다. 결코 남의 일이 아닙니다. 우리의 관심을 모아야겠습니다.

지금도 그때 생각을 하면, 가슴이 떨리고 눈물이 번집니다. 고맙습니다. 내 동생을 살려주신, 구급대원 여러분, 의료진 여러분. 특히 부산대학교 병원 권역외상센터의 모든 분들께 고개 숙여 절합니다.

몇 년 전 내 동생이 경상남도 도지사로부터 감사패를 받았습니다. 강물에 빠진 승용차 속에서 일가족 3명을 구한 의로운 시민이라구요. 대견하고 자랑스럽지만, 하여튼 다시는 다치거나 아프지 않았으면 하는 것이 형과 늙으신 어머니의 간절한 바람입니다.

  5월 어버이날 무렵, 내 고향, 김해에 가서 어머니도 뵙고, 동생과 한적한 강가에서 붕어 낚시나 할까 합니다. 그 영웅담도 다시 한번 들어보고 싶네요.

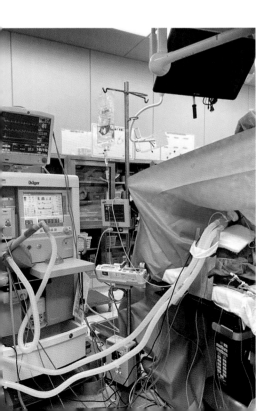

고향

추석 달 아래
뒷논 둠벙에 드리워진
대낚싯대 두 개

갈대찌 쑤욱 올라오면

참개구리 숨을 죽이고
코스모스 고개 떨구던

너와 나의 옛이야기
휘영청 쏟아지는 달빛 소나타

12 우리의 사명

세브란스 병원의 뿌리는 우리나라 최초의 서양식 병원이자, 서양 의학의 모태가 된 제중원濟衆院입니다. 구한말 갑신정변 당시 큰 부상을 당한, 명성왕후의 친정 조카 민영익을 알렌 선교사께서 외과 수술을 통해 살려낸 것이 계기가 되어, 고종 임금과 조선 정부가 병원 설립 허가를 내주었고, 미국 북장로회의 원조를 받아 1885년 음력 2월 29일(양력 4월 14일)에 설립되었습니다. 처음에는 이름이 '널리 은혜를 베푸는 집'이라는 뜻의 광혜원廣惠院이었다가, 12일 후인 음력 3월 12일(양력 4월 26일)에 '많은 사람들을 구제하는 집'이라는 뜻의 제중원으로 정식 명명되었습니다.

제중원 이름의 어원은 논어論語에서 나왔습니다. 논어 옹야雍也편에 박시제중博施濟衆이란 말이 있거든요. 공자의 제자인 자공子貢이 공자님께 묻습니다.

"널리 베풀고, 많은 사람들을 구제할 수 있다면, 어질다고 할 수 있습니까?"
"어찌 어질 뿐이랴? 반드시 성인聖人일 것이다. 요순堯舜임금도 그리 하질 못했다."

왕도 하지 못한 일을 너희가 하라는 그 무거운 사명이 세브란스 병원에 이어져 내려오고 있는 것입니다.

제중원은 1894년부터 우여곡절 끝에 미국 북장로회 선교부로 이관되어 운영되게 됩니다. 만국선교대회에서 조선 선교와 병원 설립의 필요성을 역설하는 에비슨 선생님의 연설에 깊은 감동을 받은, 세브란스 씨의 통 큰 기부 덕분에, 마침내 1904년 세브란스 병원이 완성되게 됩니다. 이때 하신 유명한 말씀이 있습니다.

"받는 당신의 기쁨보다 주는 나의 기쁨이 더 큽니다."

대부분의 세브란스 교직원들도 이 말을 세브란스 씨가 가장 먼저 한 것으로 알고 있는데, 사실 이는 먼 옛날에 예수께서 미래를 내다보고 하신 말씀입니다. 최초의 의료선교 의사이자 대문장가인 희랍인 누가(Luke)가 사도행전 20장 35절에 사도 바울이 전하는 말을 글자 한 자도 바꾸지 않고 그대로 옮겨두었습니다.

"주 예수께서 친히 말씀하신 바 주는 것이 받는 것보다 복이 있다 하심을 기억하여야 할지니라."

1929년 이인선 선배가 가사를 쓴, 세브란스 의과대학 교가가 지금도 의과대학 현관에 보란 듯이 전시되어 있습니다. 연희와 합병하여 연세가 되기 전까지 교가로 사용되었죠. 그 일부를 소개합니다.

"우리 정신은 굳은 뼈에 겨누니 저 죽음과 싸우는 용맹스런 전사로다.
피와 땀을 흘려 육과 영을 건져내니 반도 강산에 새 생명이로다. 찾아라 진리를 너의 사명 다하여."

박시제중의 정신, 세브란스의 정신은 우리 뼛속에 새겨져 있으니, 단순한 의사가 아니라 죽음과 싸우는 투사가 되어야 한다. 육신뿐만 아니라 영혼도 구원해야 하니, 진리를 찾아서 피와 땀을 흘려 죽도록 공부하라. 그것이 너희들의 사명이다. 나는 이렇게 스스로 해석하고 받아들이고 있습니다. 학생 때부터요.

10년 넘게 의과대학에 다양한 선택과목을 개설하여 강의를 해왔습니다. 첫 강의 시간에는 위에서 간략히 서술한 세브란스 병원의 역사를 설명하고, 교가에 닮긴 의미에 대하여 같이 공감하는 시간을 가집니다. 그리고는 교가를 같이 불러봅니다. 당연히 모르죠. 노래도 가르칩니다. 선배들로부터 면면히 이어져 오고 있는, 숨겨져 있지만, 살아있는 정신을 전해주기 위함입니다.

제자들에게

첫 번째 경추 이름이 무엇인가

아틀라스*
신에게 맞선 벌로 하늘을 이고 있는 용사

모두 고개를 들고 똑바로 나를 쳐다보라

우리는 환자를 머리에 이고 죽음과 싸우는 전사들
피와 땀을 흘려 육과 영을 건져낸다**
부와 명예 따위는 우리의 것이 아니다
내가 앞설 것이니 절대 물러서지 말라
이것은 하늘이 주신 사명이자 주어진 운명
찾아라 진리를 목숨이 다하는 그날까지
잊지 말라 뼛속에 깊이 새겨져 있는 그 정신

* 제우스와 티탄의 싸움에서 티탄의 편을 들다, 머리 위에 하늘을 이는 벌을 받은 거
  인의 이름. 또한 해부학 도감, 제1 경추의 이름이기도 합니다. 참고로 나는 제자들
  을 단순한 의사가 아닌 죽음과 싸우는 용사로 키우는 것을 목표로 하고 있습니다.
** 세브란스 의과대학 교가에서 일부 빌려 왔습니다.

나에게 있어 선생이란, 가르침이란 의미는 이렇습니다. 내 마음을 먼저 열어 세상을 받아들이고, 제자의 마음을 똑똑 두드려 우주 만물의 이치를 깨닫게 해주는 것. 물론 하늘에 계신 그분처럼 자신을 죽여 본을 보이면 더 좋겠죠.

나는 내 과목을 수강한 학생들에게 시험을 보게 하지 않습니다. 나도 부족한데, 어찌 학생들에게 시험을 낼 수 있겠습니까? 대신 평소의 수업 태도와 학습 정도를 면밀하게 관찰한 다음, 야단도 치고, 격려도 하여, 모두 만족스럽게 과목을 통과하게 만듭니다. 그러나 과제 하나는 꼭 해야 합니다. 수업 마지막 날 저녁. 부모님께 전화를 겁니다.

"사랑합니다. 고맙습니다. 이 은혜 잊지 않겠습니다."

그 말을 해야 합니다. 처음에는 주저주저 머뭇거립니다. 소주 한 잔이 들어가면, 누군가 용기를 냅니다. 전화하는 학생도, 전화 너머의 부모님도 어색합니다. 얼굴이 화끈해집니다. 그러나 금세 눈시울이 붉어집니다. 어떤 친구는 몇 마디 더 덧붙입니다.

"미안하고 죄송합니다. 용서해주세요"

결국, 눈물이 바다를 이루고야 맙니다. 밥 먹는 식당에도, 전화 너머의 부모님에게서도.

나는 더 이상 바랄 것이 없는, 세상에서 가장 행복한 선생입니다. 착하고 예쁜 눈물을 흘릴 줄 아는 제자들이 있으니까요. 그런 학교의, 그런 병원의 선생이니까요.

과제

의대 본과
2학년

내 수업의
과제는

언제나
단
하나뿐

수업 마지막 날
다 같이 모여
저녁 먹은 후

부모님께
전화 걸어

사랑한다고
고맙다고
이 은혜 잊지 않겠다고

내 제자들은
참 아름답다

왜냐고

>
이날은
언제나
눈물바다가 된다

착하고 예쁜
눈물을 흘릴 줄 아는
내 제자들

나는 참 행복한 선생

13 예쁜 꿈을 꾸어요

내 연구실 책상 위에는, 깜찍한 인형 3개가 놓여있습니다. 한 아이는 말끔한 의사 가운 차림의 테디베어 곰돌이, 한 아이는 겨울왕국의 예쁜 엘사 여왕, 한 아이는 폭신폭신 말랑말랑 귀여운 모찌 인형 블루입니다. 이들은 힘들 때 나의 말을 들어주는 귀한 친구이자, 간혹 나의 마취를 도와주는 조력자들입니다.

아기들이 마취와 수술을 위해 수술전처치실로 들어올 때, 대개 부모님 중의 한 분이 동반합니다. 처음에는 부모님의 품에 안겨 낯선 환경에 멀뚱멀뚱, 눈을 동그랗게 뜨고 여기저기 탐색을 합니다. 무언가 분위기가 이상합니다. 스멀스멀 익숙하지 않은 냄새도 납니다. 머리에 빵떡 모자를 쓰고, 마스크로 입을 가리고, 똑같이 초록색 옷을 입은 아저씨, 아줌마들이 왔다 갔다 합니다. 이윽고 내 앞에 와서 엄마, 아빠와 이야기를 나눕니다. 어제 울면서 억지로 맞은 주사바늘에 연결된 가느다란 줄속으로, 세균을 죽인다는 무시무시한 것을 집어넣습니다. 사태가 심각합니다. 털컥겁이 납니다. 본능적으로 울음이 터집니다. 엄마, 아빠에게 매달려 보지만, 눈물만 글썽글썽. 말이 없습니다. 옆에 있는 또래 친구도 덩달아 웁니다. 서럽고 하도 서러워 악을 씁니다. 왜 안 그렇겠어요? 다 큰 어른들도 외롭고 무서워 눈시울이 붉어지는데.

나는 수술전처치실에서 아기를 만날 때, 위의 내 친구 한 둘을 데리고 갑니다. 아기가 내 친구에게 관심을 보입니다. 반은 성공입니다. 아기랑 내 친구랑 나랑 정답게 이야기를 나눕니다. 어라. 방긋 웃기도 합니다. 그 사이에 이것저것 필수사항 확인을 하고, 예방적 항생제도 투여합니다. 대개 수술실로 가기 직전에 소량의 정맥 마취제를 주사한 후, 수술실로 신속하게 데리고 갑니다. 일시적으로 호흡이 억제되긴 하지만, 대부분 문제가 없습니다. 문제는 정맥로가 없을 때입니다. 병실에서 주사바늘을 여러 번 찔렀으나 혈관을 찾지 못했거나, 수술 당일 바로 수술전처치실로 온 경우이죠. 이럴 때는 바로 수술실로 데리고 가서 흡입마취제로 마취를 약하게 한 다음, 정맥로를 확보하고, 본격적인 마취를 해야 합니다. 참 곤욕스러운 것은 부모로부터 아기를 받아, 수술실까지 가는 그 짧은 과정입니다. 대부분 악을 쓰며 울겠지요. 억지로 떼어내어 안고 수술실로 달려가서 흡입마취제를 강제로 흡입시켜 재웁니다. 이럴 때는 아무래도 젊은 의사들보다 자식이나 손주를 키워본 아재 고모 의사들이 좀 더 노련하겠죠.

나는 보통 때보다 좀 더 일찍 나의 친구들을 데리고 가서 아기를 만납니다. 서로 눈치를 살살 봅니다. 장난을 걸어봅니다. 반응이 좋습니다. 내 친구들을 소개합니다. 이윽고 내 친구들이 아기의 친구가 됩니다. 가슴에 안고 놓지를 않습니다. 청진기를 줘봅니다. 산소마스크를 줘봅니다. 실패할 때도 있지만, 많은 경우 나와 아장아장 걸어서 들어가거나, 내 품에 안겨서 들어갑니다. 잠시 후 착한 아기는 새록새록 깊은 잠에 빠집니다. 천사가 따로 없지요.

토닥토닥

역시
시인이라

마쳐도
다르네요

뭐가요

마치
주일날 아침
요리를 하듯

피아노 선율이
달빛을 타듯

참
고요하고
평화롭네요

그런가요

나는
꿈을 꾸게 하는
에델바이스

>
마치
엄마가 젖을 물리듯

자장자장
토닥토닥

한동안 수요일이 싫었습니다. 내가 맡은 수술실에서 1주일에 수요일 하루, 백혈병 아이와 뇌성마비 아이들의 마취가 이루어지기 때문입니다. 정확히 말씀드리면, 이들을 마취할 때마다 마음이 아팠기 때문입니다. 저 어린 것들에게 무슨 죄가 있길래, 저렇게 모진 병을 앓아야 하는 걸까. 백혈병 아이들은 주로 골수검사 또는 새끼손가락 굵기의 중심정맥도관을 삽입하러 수술실로 들어옵니다. 대부분 독한 항암제 투여와 오랜 병상 생활로 인해, 얼굴이 많이 상해있습니다. 막연한 두려움에 본능적으로 나의 눈을 피합니다. 우는 것도 지쳤는지, 눈물도 잘 보이지 않습니다. 절망과 한숨의 흔적이, 상처 입은 그 어린 몸에 가득합니다. 뇌성마비 아이들은 경직된 근육에 보톡스 주사를 맞으러 수술실로 옵니다. 온몸이 뒤틀려있습니다. 뇌성마비 아이들을 치료하는 작업치료사인 아내로부터 이들의 절절한 이야기를 하도 많이 들어서인지, 볼 때마다 안타깝고 또 안타깝습니다.

철쭉 꽃망울이 조금씩 벌어지는, 따스한 봄날이었습니다. 수술전처치실로 가보니 예쁘장하게 머리를 땋은 꼬마 숙녀 한 분이 있었습니다. 급성 백혈병으로 골수검사를 받기 위해 온 것입니다. 어찌나 의젓한지요. 울지도 않구요. 초롱초롱한 눈망울을 굴리며, 엄마를 위로하는 듯, 훌쩍이고 있는 엄마 손을 꼬옥 잡고 있습니다. 그런데 말입니다. 팔과 다리가 뒤틀려있습니다. 태어날 때 무엇이 잘못되었는지, 뇌성마비를 앓고 있었습니다. 선천성 심장병도 가지고 있었습니다. 이런. 하늘이 원망스러웠고 미웠습니다. 기도도 나오지 않았습니다. 가슴이 저리고 또 저렸습니다. 어떻게 마취를 하였는지. 아마 반쯤은 분노로, 반쯤은 눈물로 했겠죠.

그 수술실에서 나와 함께 일을 하는, 마취 간호사는 연신 눈물을 찍어냅니다. 수술하는 내내, 이 꼬마 숙녀의 손을 놓지 못합니다. 그 마음이 봄바람을 타고 전해왔습니다. 참으로 따스한 가슴과 맑은 영혼의 소유자입니다. 저리고 아픈 것이 무엇인

예배를 모시게 됩니다. 에비슨 선생님의 아내인 제니 선교사는 병원 교회에서 복음 전도와 자선사업 등에 힘썼다고 합니다. 특히 병원을 찾은 부녀자들을 각별히 보살피고, 돕고, 함께 기도했다고 합니다. 1901년 6월에는 한국 최초의 우리말 성서 번역가 중의 한 분인, 서상륜 선생님이 병원 교회의 정식 전도사가 됩니다. 1904년 남대문 밖 도동 복숭아골에 새로운 병원을 건축함으로써, 제중원이 세브란스 병원으로 거듭나게 됩니다. 1907년 세브란스 병원 내에 병원 부속 교회인 '남문밖 교회'가 봉헌됩니다. 1909년에는 병원 교회 전속의 복음 전도사가 2명이나 있었으며, 교인 수가 150명 규모가 될 정도로 성장하게 됩니다. 1912년부터는 한국 최초로, 병원의 공식제도 안에 원목(실)을 두게 됩니다. 이후 많은 목사님들과 전도사님들의 헌신, 병원의 지원, 교직원 및 외부 교회의 봉사 덕분에 환자들과 함께 진심으로 기도하고, 그들을 위로하는, 지금의 병원 교회가 되었습니다. 현재는 세브란스 병원 본관 6층에 원목실이 있으며, 그 근처에 있는 예배실에서 2005년도부터 예배를 드리고 있습니다. 약 300명의 환자와 교직원들이 매주 예배에 참석합니다.

지금은 병원이 여럿 있다 보니, 연세의료원 교회는 원목실(의, 치, 간호대 교목실 기능 포함) 체재로 재편되어 있습니다. 당연히 기능도 다양해졌구요. 세브란스 병원의 예만 들어봅니다. 신촌에 있는 세브란스 병원은 각 단위 병원(본관, 암병원, 재활병원, 어린이병원, 심장혈관병원)마다 원목실과 기도실을 두고 있습니다. 거의 스무 명에 가까운 교역자들이 계십니다. 이분들의 가장 중요한 임무는 당연히 환자들을 위한 목회이지요. 매일 환자들을 위한 기도회를 엽니다. 수요 저녁 예배를 드립니다. 주일에는 환자와 가족과 의료진과 함께 오전, 오후 예배를 드립니다. 교직원들을 위한 목회도 참 많구요. 환자와 보호자들을 위한 상담, 기도, 심방, 장례 예배, 그리고 수술 전처치실에서 환자를 위한 기도까지, 의사인 나보다 더 바쁘십니다. 참으로 고맙고 감사할 일입니다.

나는 지금 연세대학교 대학교회를 다니고 있습니다. 내가 교회를 다닌 지는 거의 40년이 다 되어 갑니다. 그런데 믿음이, 신앙이 그렇게 깊질 못합니다. 어떤 때는 내가 예수를 믿고 따르는 기독교인이란 것이 민망할 때도 있습니다. 그만큼 표면적이지요. 수박 겉 핥기. 예수님께 미안하지만, 어쩔 수가 없네요. 좀 더 아파보고, 좀 더 느껴봐야겠지요.

한 달에 한 번은 꼭 세브란스 병원 본관에 있는, 병원 교회를 갑니다. 내가 살아있다는 것을 알 수 있기 때문입니다. 내가 저렇게 될 수도 있다는 것을 뼈저리게 느낄 수 있기 때문입니다. 거기 가면, 혹 예수님을 만날 수 있지 않을까 살짝 기대도 합니다. 거기에는 눈물이 있습니다. 절박함이 있습니다. 잘나고 못나고, 그런 것이 없습니다. 목사도 없고, 의사도 없고, 환자도 없습니다. 단지 탄식과 눈물만. 땅 위에 혼자 떨어진 고독한, 그 외로운 인간들. 그리고 말을 잊은, 장막 뒤에 숨어 홀로 숨죽여 흐느끼는 예수님.

어느 주일이었습니다. 대학교회에서 예배를 보는데, 갑자기 병원 교회의 예배 장면이 눈앞에 생생하게 떠올랐습니다. 무언가 모를 힘이 나를 이끌었던 것 같습니다. 아내에게 언질을 주고, 병원 교회로 왔습니다.

절실함이 따로 없었습니다. 주렁주렁 수액 줄들, 콧줄, 산소 줄들, 기관절개 튜브, 피고름 주머니, 장루 주머니, 침대 위 말도 없이 누워있는 텅 빈 눈동자 두 분. 여기는 그냥 그 눈물이, 그 탄식이, 그 목마름이 기도이자, 찬송입니다.

참다가 참다가, 그냥 같이 웁니다. 무엇인지도 모르는 그 서러움이 가슴을 치고 또 치고 오릅니다. 결국, 결국에는 그 견고한 무릎이 무너집니다.

삶이, 살아내어야 하는 삶이 도대체 무엇이길래.
우리가 무엇을 위해, 무엇 때문에 이렇게 사는지요.
하나님은 왜 아무런 말씀도, 대답도 없는지요.
저 어린 것들은. 왜요? 도대체 왜요?

기적

봄꽃
화창한
세브란스 병원

본관 6층 채플

눈물바다가
여기에 있다

주렁주렁
링거액 줄

숨쉬기도 버거운
코에 꽂은
기다란 관

휠체어 위에
놓여진
안타까운 몸둥이들

두 손 모아
간절히
기도하고 있다

\>
그것 아니

지금
내가 여기
숨 쉬고 있다는 것
사랑할 수 있다는 것

이 모든 것
기적이라는 것을

무심한 나의 순간순간들이
이들에겐 천금 같은 오늘임을

15 우리 삶은 한 편의 시

　전문의가 되는 과정은 길고도 고단합니다. 우리나라에서 의사가 되려면 의대 또는 의학전문대학원으로 진학을 해야 합니다. 의대로 진학하면, 예과 2년을 마친 후, 본과 4년의 교육과정을 이수해야 합니다. 일반 대학과정 4년을 마친 후, 의학전문대학원에 진학하면 역시 4년의 교육과정을 이수해야 의사 시험을 볼 수 있는 자격을 가지게 됩니다. 여기에서의 공부. 절대 만만하지 않습니다. 나 때의 경우, 180명이 입학해서, 120명이 겨우 졸업했습니다. 매일 계속되는 시험 또 시험. 평가 또 평가. 그 고단한 시간이 흐른 후, 국가고시를 보고 합격해야 비로소 의사가 됩니다. 이제 의사면허를 받았으니, 일반의로 환자를 볼 수는 있습니다. 그러나, 대부분 전문의 과정을 밟습니다. 학교에서 배웠던 것을 다 잊어버렸기 때문입니다. 그 많을 것들을 차곡차곡 머릿속에 쌓아 두었더라면, 나는 벌써 미쳐버렸을 겁니다.

　인턴 과정, 수련의 과정은 1년입니다. 대개 2~4주 단위로 병원의 여러 과를 순환하며, 그 과의 기본적인 것을 익히고, 미래의 전공을 탐색합니다. 이때는 소위 '잡일'이라고 하는, 전공의와 교수를 도와주는 일을 많이 합니다. 당직 때는 환자 관련 전화인 Call을 가장 먼저 받게 되고, 소소하지만 중요한 처치(예를 들면, 채혈, 요도관 삽입, 가래 빼내기 등)를 시행하게 됩니다. Call을 받고, 또 Call을 하고, 지시받은 것을 해결하느라, 거의 잠을 자지 못하겠죠. 여러 과를 돌아다니니, 특정 과에 대한 소속감도 없고, 업무도 미숙하고, 따라서 야단도 많이 듣고, 환자도 간호사도 무시하니, 자신이 의사인지 아닌지도 모르겠고. 그러나 가장 중요한 시기입니다. 의사로서의 정체성을 탄탄히 하고, 미래의 전공과를 선택해야 하기 때문이죠. 그래도 끝나고 나면 언제 그랬냐는 듯이 싹 잊어버립니다. 자존심도 있고, 좀 의사 같기도 한데, 그것도 잠시, 이제부터 본격적인 지옥문이 기다리고 있기 때문입니다.

인턴 과정을 끝낼 무렵, 전문과목의 전공의 시험에 합격하면, 이제 레지던트 과정이 시작됩니다. 1년 차 과정의 혹독함은 아마 독자 여러분들이 더 잘 아시리라 생각됩니다. 이때, 중도 포기하는 경우가 적지 않습니다. 힘들어서, 적성에 맞지 않아서 등등. 여기서도 마찬가지. 거의 대부분 의사들은 그 과정이 끝나면 본능적으로 잊어버립니다. 그래야 아래 연차를 가르칠 수 있고, 지시를 할 수 있기 때문입니다. 당연히 그래야 머리가 돌지 않습니다. 어떤 의미에서 보면, 2년 차부터 제대로 된 공부를 시작합니다. 환자에 대한 책임감이 서서히 어깨를 짓누르기 시작합니다. 아래 연차 눈치를 봅니다. 때로는 밤에 혼자 판단하고 결정해야 합니다. 자세히 모르니, 무섭고 떨리지요. 전문 서적을 밤새워 읽습니다. 논문을 찾아 읽고 또 읽습니다. 책 대로만 되면 무슨 걱정이 있겠어요? 아직 경험이 많이 부족하고 또 부족합니다.

'아! 내가 아는 것이, 할 수 있는 것이 이렇게도 없구나.'

비로소 한 명의 제대로 된 의사가 탄생하는 순간입니다. 이 순간이 지나면, 공부가 재미있어지고, 그 공부에 속도가 붙습니다. 경험이 쌓이면서, 선배들이 말하는 것들이 이해되기 시작하고, 교수들에게 자신의 의견도 내놓기 시작합니다. 3년 혹은 4년 후에 전문의 시험에 합격하면, 전문의가 됩니다. 이제 나가서 개업하거나,

병원에 봉직합니다. 혹은 대학교수의 꿈을 가지고 대학병원에서 전임의 과정을 밟습니다. 어떤 길을 선택하든지, 항시 의사라는 본분을 잊지 않고, 사명감을 되새기면서, 주어진 길을 뚜벅뚜벅 걸어가야 합니다. 환자가, 질병이, 수술이, 마취가, 약물이, 내 마음대로, 내 뜻대로 되지 않을 때가 많고, 제 꾀에 걸려 넘어질 때도 간혹 있습니다. 그렇겠죠. 의사가 그리 잘나고 완벽하다면, 장의사는 왜 있으며, 꽃상여는 왜 저리 서러울까요.

'북망산천 멀다더니, 내 코앞이 북망이네.'

요즘 전공을 정할 때, 다들 중환자가 없고, 고소 고발이 없고, 돈 많이 벌고, 응급 환자가 없는 그런 과를 택하려 하죠. 환자들도 의사를 깊이 존경하거나 신뢰하지 않는 시대이니, 의사들에게도 숭고한 사명만을 요구할 수는 없습니다. 외과, 산부인과, 흉부외과, 비뇨기과 등은 쳐다도 안 봅니다. 어쩔 수가 없죠. 세태가 그렇고, 의료환경이 그렇고, 우리들 모두가 본능적으로 그러니까요. 그러나 정말 큰 일입니다. 앞으로 10년 정도만 지나면, 수술을 받으러 외국으로 가야 할지도 모릅니다. 외국에서 외과 의사를 수입해야 할지도 모릅니다. 방법이 없는 것도 아닐텐데, 국가가, 의료계가 한참 미적거립니다. 참 답답하고 한심합니다.

아끼고 사랑하는 제자가 있습니다. 인기 없는 산부인과를 하고 싶다고 해서, 참 장하다 칭찬을 아끼지 않았습니다. 그런데 9명이 정원인데, 달랑 3명만 지원하였습니다. 당연히 부담해야 하는 일은 두 배, 세 배로 늘어나겠지요. 벚꽃이 질 무렵이었습니다. 꾀죄죄한 몰골로 내 방을 찾아와서는, 밑도 끝도 없이 엉엉 웁니다. 어미 잃은 새끼 새 한 마리입니다. 말도 하지 못하고, 그냥 꼬옥 안아주었습니다. 그래도 세

월은 흐르고, 시간은 바람처럼 지나, 지금은 이름있는 병원에서 부인암 수술을 담당하는, 멋지고 카리스마가 넘치는 산부인과 스텝이 되어있습니다.

연단

교수님
밤새 한숨도 못 잤어요
계속 응급수술이 있어서

너무 힘들어요
그만둘까 봐요

시작한 지 한 달 남짓
레지던트 1년 차
아끼는 제자 하나

충혈된 눈에는 눈물이 가득

핏기없는 하이얀 얼굴
축 처진 어깨

안타까움에 말도 못 하고
어깨만 토닥토닥

힘내야 한다
시간은 간단다
모든 것 추억으로 기억될 그때가 반드시 온다

>
흐느끼는 여린 새 한 마리
꼬옥 안아 준다

딸처럼 여기는 제자가 있습니다. 4년 공부를 마치고, 의학전문대학원에 들어왔습니다. 훌륭한 의생명과학자가 되는 것이 꿈이었습니다. 석박사 통합과정을 지원하는 바람에, 공부뿐만 아니라, 틈틈이 연구도 해야 했습니다. 얼마나 힘들었겠어요. 나이는 들지요. 해야 할 공부와 일은 해도 해도 끝이 없지요. 연구자의 미래는 불투명하지요. 많은 고민과 방황을 했습니다. 그러나 마찬가지로 해줄 수 있는 것은 안아 주고, 어깨만 토닥토닥. 역시 시간은 저 강물과도 같습니다. 나의 흰머리가 늘어나듯이, 딸도 어느덧 레지던트 4년 차가 되었고, 결혼을 하였으며, 이윽고 엄마가 되었습니다. 그 결혼식의 주례를 내가 보았습니다. 그 딸이 흘러간 시간만큼, 길고도 아름다운 문장을 보내왔습니다. 내가 화답합니다.

"삶은 시가 되어야 한다. 사랑하는 아빠가"

받다가, 2011년 9월에 하늘나라로 돌아가, 영원히 반짝이는 별이 되었습니다.

잊을 수 없는 나의 스타. 롯데 자이언츠 등번호 11. 투수 최 동 원.

동원이 형

세브란스 병원
수술실 B6

형
기도하자

마취 전에
그 위대한
손을 잡고

하늘을 향해
진심을 던진다

내가
한 방 쾅 맞았네
하나님한테

맨날
씨게만 던질 줄 알았지
이제 정신이 번쩍 드네

해맑은
웃음이

몇 해 전. 어릴 적 친구의 간곡한 부탁을 받고, 그 어머니를 우리 병원 1인 병실에 입원시켜 드렸습니다. 대학병원 4~5인 병실은 하늘의 별따기. 잘 아시잖아요. 이제 수술 날짜를 당겨달라고 하도 재촉하는 바람에, 주치의에게 간곡히 부탁드렸습니다. 이미 다른 환자 수술 일정이 다 짜진 이후라, 저녁에 비어있는 수술실에서 내가 직접 마취를 하기로 하였죠. 수술은 새벽에 끝났습니다. 주치의도 지치고 나도 지치고 환자도 지쳤겠죠. 며칠 후 출혈이 멈추지 않아 재수술에 들어갔습니다. 또 며칠 후 문합 부위에 누공이 발견되어 재수술에 들어갔습니다. 며칠 후에는 절개 부위에 고름이 나오기 시작했습니다. 그러기를 한 달 후, 겨우 퇴원하게 되었습니다. 전화가 왔습니다. 병원비 깎아달라고. 내가 원장도 아닌데 말입니다.

이 이후로 다시는 지인의 수술에 절대 관여하지 않습니다. 요즘 혹시 연락이 오면, 그 분야의 유능한 교수님 몇 분 추천만 합니다. 김영란법 핑계를 댑니다.

"그 법 때문에 말이야. 내가 어떻게 할 수가 없어. 대표 전화번호 알려줄테니, 알아서 예약해. 외래 보고, 수술 결정되고, 입원하면, 그때 다시 연락해. 마취는 내가 꼭 해줄게."

참 편리합니다. 쉽게 들어주지도 못하는 부탁을, 자주 듣지 않아도 되니 말입니다.

골프를 배울 때, 가장 많이 들었던 이야기가 "힘 빼라"였습니다. 야구에서 타자들이 공을 칠 때도 역시 마찬가지죠. 시험을 볼 때도. 운전을 할 때도. 사업을 할 때도, 공부를 할 때도, 연애를 할 때도. 마취를 할 때도. 수술을 할 때도. 인생사 모두 똑같지 않을까요. 힘을 빼고, 자연스럽게, 평상심으로.
집에서는 우리 모두 잘 하잖아요? 그렇지 않은가요? 나만 그런가.

잊지 말아요. 세브란스 대표 전화번호는 1599-1004. 정 급하시면, 응급진
료센터 02)2227-7777 또는 02)2228-8888.

미안합니다

이태 전
암 수술 위해
마취를 해드렸더니

꾸덕꾸덕
말린 조기
한 상자 보내셨던

어릴 적 친구의
삐쩍 마른 그 어머니

돌아가셨다고
동문회에서
연락이 왔다

젊어서 홀로 되어
새벽부터 저녁까지

좌판에서 생선 팔아
내 친구 입히고 먹였던

아직도
비린내로 기억되는

가여운 그 어머니

냄새 난다
저리 가라
친구를 놀려댔던
철없고 철없던 초등학교 어린 시절

어머니
정말 죄송합니다

고생 많으셨어요
이제 푹 쉬세요

18 내가 걸어가는 이 길 끝에서

　어떻게 살아야 잘 살았다고 할까? 어떻게 죽어야 잘 죽었다고 할까? 내 나이 쉰 무렵부터 문득 이런 생각이 들었습니다. 만족스럽고 후회 없는 인생 그리고 죽음 은, 어떻게 살아왔는지의 결과물일 것이며, 결국 어떻게 남은 인생을 마무리하는가 에 따라서 확연히 달라질 것이다. 그래서 공자님은 50세의 나이를 지천명知天命이라 불렀나 봅니다. 죽음이라는 우주 만물의 이치 앞에서, 이제 겨우 철이 좀 들기 시작 하는 나이.

　유교 경서인, 서경書經에 다섯 가지 복 중의 하나로 고종명考終命을 들고 있습니 다. 이는 주어진 천수天壽를 온전히 누리면서, 인의예지仁義禮智의 덕을 온전히 실천 한 후, 편안하고 만족스럽게 맞이하는 죽음을 말합니다. 참으로 부러운 죽음이지 만, 그만큼이나 실현하기 어렵고 누리기 힘든 죽음입니다. 날마다 세 가지를 반성 하고 성찰하며 실천의 삶을 살았던, 논어에 나오는 증자曾子나 정언명령을 마음속 에 늘 새기고 설파했던 철학자 칸트 정도만이 이런 죽음을 맞았다고 합니다. 그래 서 나도 부담 없이 고종명에 한번 도전해 보기로 결심했습니다. 나 같이 별 볼일 없 는 사람이야, 손해볼 것이 없으니, 실패해도 허허 웃고 나면 그만인 것이니까요.

　그런데 막상 정하고 나니, 무엇을 어떻게 해야 할지 막막했습니다. 생각하고 또 생각하였습니다. 어느 날 문득 이런 생각이 떠올랐습니다. 일단 멈추고 내려놓자. 무엇을? 온갖 헛된 욕심과 욕망을. 언제? 지금 현재 이 순간부터. 어디에서? 발을 딛 고 서 있는 여기. 어차피 나이 50이 넘으면, 인생관 자체를 바꾸어야 합니다. 내려놓는 연습을 해야 합니다. 힘을 빼는 훈련을 해야 합니다. 남과 경쟁하고, 시기하고, 질투하는 부정적인 감정에서 한발 물러나야 합니다. 우선 병원에서 맡고 있었던 보직을 그만두었습니다. 사회에서 머리에 씌어놓았던 감투도 하나, 둘 벗어버렸습니다. 의미 없는, 연구를 위한 연구도 그만두었습니다. 꼭 필요하지 않은, 저녁 모임은 약속하지 않고, 또 불러도 나가지 않았습니다. 주식도 묻어놓고 관심을 끊었습니다. 안식년을 신청하였습니다. 가고 싶었으나 시간 관계로 가지 못했던 갈라파고스, 코코스, 멕시코 라파즈 등으로 긴 잠수 여행을 다녀오기도 했습니다. 역시 비워야 차는 법이죠. 새벽 4시에 일어나 명상을 하기 시작하였습니다. 시를 읽고 쓰기를 습관화했습니다. 생각나는 대로 수필도 하나씩 썼습니다. 단 몇 장이지만, 교과서를 다시 읽기 시작하였습니다. 중국어를 새로 공부하기 시작하였습니다. 혼자 생각할 수 있는 시간을 가능한, 자주 많이 만들었습니다. 읽고 싶은 책은 우선순위에 두고 꼭 읽었습니다. 쉰 후반이 되니, 시가 모여 몇 권의 시집이 되었습니다. 바닷속 세상을 다룬, 수중 수필 및 시집도 나왔습니다.

지천명

반쯤 세어버린
나이 쉰 고개를 넘으면

사람한테
관심받을 생각 마라
칭찬받을 생각 마라
위로받을 생각 마라

반쯤 쉬어버린
나이 쉰 고개를 넘으면

사람을
원망할 생각 마라
미워할 생각 마라
질시할 생각 마라

하늘이 다 기억하니
각자의 짐을 흔쾌히 질 것이며
헛된 것을 결코 탐하지 마라

이제부터가 또 막막합니다. 인의예지의 삶을 어떻게 실천할 수 있을까? 당장 병원을 그만두고, 아프리카로 가서 봉사의 삶을 시작해야 하나. 아니면 인도주의실천의사협의회에 들어가 전쟁터나 난민보호소로 가볼까. 선교단체에 지원해 볼까. 아무리 생각해도 뾰족한 답이 나오질 않습니다. 원래는 칭다오 세브란스 병원이 완공되면 거기로 가려고 했죠. 거기서 언어와 문화를 익혀, 교두보를 마련한 다음, 몇 년 후, 뇌성마비 치료 센터를 만들어 아내와 함께 섬김의 삶을 시작하려 하였으나, 여러 가지 문제로 난관에 봉착한 상태입니다. 그렇다고 주저앉아 있을 수만은 없죠. 다시 세브란스 병원의 교수를 시작할 무렵의 초심으로, 돌아가기를 결심했습니다. 일단 이 초심만 놓지 않으면, 언제 어디에서 무엇을 하든, 내 삶이 나아가야 할 방향을 잃지 않을 것 같기 때문입니다.

초심

내가 세브란스 병원에서 교수로 있다는 것
결코 가벼운 일이 아니다

평안하고 부유함
명성과 권위
나와 어울리지 않다

어쩌면
기도이고 순례이며
수행이고 정진이다

끊임없는 공부와 탐구
영원히 이룰 수 없는 사랑과 헌신

내 가는 길
내 제자가, 내 아들 딸이 보고 있을 터

실수 오류
완벽할 자신 없지만
감사하고 두려운 마음으로
나에게 주어진 길을 오늘도 걷는다

나는

이런 내 삶에서 나만의 시를 찾고 싶다

그리하여
언젠가는 숙제 같은 그 깨달음을 얻고 싶다

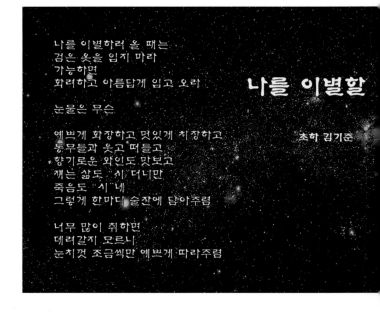

그렇지만, 그렇게 선하지도, 믿음이 깊지도 못한 내가 무슨 고종명의 복을 누릴 수 있겠습니까? 그러나 내가 살아온 삶이, 죽음을 향하여 걸어갈 남은 여정이 한 편의 시가 되었으면 하는 욕심은 아직도 내려놓지 못했습니다. 누가 그러더군요. 그것은 세상에서 가장 큰 욕심이라구요. 도둑놈 심보. 결코 이룰 수 없겠지만, 그래도 꿈이라도 꾸어보고 싶네요. 하늘의 은덕을 입어, 내 부모님의 몸을 통하여, 이 세상에 한 번 왔으니까요. 그리고 다시는 오지 못할 테니까요.

누구처럼 이렇게 말할 수 있다면 금상첨화이겠지요. 막걸리 한 병 옆에 끼고서요. 아! 나는 향기로운 장미빛 와인.

"아름다운 이 세상 소풍 끝내는 날. 가서 아름다웠더라고 말하리라."

나를 이별할 때

나를 이별하러 올 때는
검은 옷을 입지 마라
가능하면
화려하고 아름답게 입고 오라

눈물은 무슨

예쁘게 화장하고 멋있게 치장하고
동무들과 웃고 떠들고
향기로운 와인도 맛보고
쟤는 삶도 "시"더니만
죽음도 "시"네
그렇게 한마디 술잔에 담아주렴

너무 많이 취하면
데려갈지 모르니
눈치껏 조금씩만 예쁘게 따라주렴

19 성전 청소부

공기 중의 0.3μm 이상 크기의 먼지 입자를 99.97% 이상 걸러주는 초정밀 필터 사용, 공기의 흐름이 흐트러지지 않고 일정하게 흐르는 층류 환기 시스템 사용, 한 시간에 스무 번 이상 공간 내 전체 공기 교체, 시간 당 3회 이상 외부 공기 유입. 수술 받는 환자의 안전을 지키기 위하여, 우리 병원 수술장이 갖추고 있는 공기정화설비의 내용입니다. 실로 어마어마하죠. 그만큼 수술실은 병원 내에서도 청결이 가장 완벽히 보장되어야 하는 장소입니다. 수술 전후에 환자에게 발생할 수 있는 감염을 철저히 예방하기 위해서 말이죠.

사람이, 즉 환경관리인이 직접 해야 하는 수술실 청소는 당연히 일반 병실보다 더 철저히 합니다. 피, 조직, 체액 등의 오염물이 묻은 수술대와 수술실 바닥, 마취기와 모니터를 포함한 기계들, 그 외 수술에 사용한 수많은 기구들을 락스 등의 소독제로 매번 수술이 끝날 때마다 철저히 세척하고 닦아내야 합니다. 의료 폐기물을 안전하게 정리 후 포장하고, 빨래주머니와 쓰레기통 역시 깨끗하게 정리해야 합니다. 피와 고름, 가래를 빨아들인 흡인기도 비우고 씻고 소독해야 합니다. 수술이 많은 우리 환경에서는 수술과 수술 사이의 시간이 너무나 촉박하기 때문에, 모두들 서둘러야 합니다. 그 와중에 수술에 사용된 바늘이나 칼날에 찔리기도 합니다. 다행히 감염이 없는 환자였던 경우는 피를 짜내고, 상처를 소독하는 정도로 끝납니다. 그러나 가끔 감염 환자(B형 간염, C형 간염, 매독, AIDS 등)에게 사용된 바늘이나 칼날에 찔리면, 문제가 복잡해집니다. 일단, 병원 당국에 신고를 하고, 주기적으로 검사를 받아야 합니다. 문제가 있다면, 당연히 치료를 받아야겠죠. 이렇게 수술장 내에서 일하시는 환경관리인들은 업무 강도가 비교적 높을 뿐 아니라, 위험 노출에 따른 스트레스도 상당히 크다고 볼 수 있습니다. 의사, 간호사만 수술장에서 열심히 일하는 것이 결코 아닌 것이죠. 이분들의 노고가 없다면, 아마 제대로 된 마취도, 수술도 할 수 없을 것입니다.

낯이 익지 않은, 환경관리 여사님 한 분이 수술장 바로 옆에 있는 화장실을 청소하고 있었습니다. 어찌나 꼼꼼한지, 깜짝 놀랐습니다. 변기가 반짝반짝 윤기를 발합니다. 세면대가 뽀송뽀송, 음식을 담아 먹어도 될 듯합니다. 은은한 라벤다 향기가 내 코끝을 스칩니다. 날씬한 화병 속의 빨간 장미 한 송이도 그 자태를 한껏 뽐냅니다. 음악은 없었지만, 카페에 온 듯합니다. 기분이 참 좋았습니다.

"여사님. 어떻게 이렇게. 여사님 없으면, 우리는 쓰레기 더미에 살 거예요. 호텔 화장실은 저리 가라네요. 기분도 짱. 정말 고맙습니다."
"뭘요. 제가 당연히 해야 할 일을 할 뿐인데요. 기왕 하는 거. 내가 좀 더 땀 흘리면, 선생님들 하시는 일이 더 잘 될 것이고, 나도 기분 좋죠. 언제 갈지도 모르고, 죽으면 썩을 몸인데, 아끼면 뭐 해요?"
"아이고. 고맙습니다. 그렇게 깊은 뜻이 있었네요."
"수술장에서 답답하실텐데, 가끔 꽃도 보시고, 향기도 맡고 그러세요."

송이송이 쏟는 땀을 닦으며, 맑게 웃으십니다. 눈가의 잔주름이 눈부시게 아름답습니다. 세브란스 병원 수술장 화장실에서 인류의 위대한 스승, 스피노자를 만났습니다.

"비록 내일 지구의 종말이 온다 해도, 나는 오늘 한 그루의 사과나무를 심겠다."

스피노자

웃을 때
눈가의 잔주름이
아름다운

마취통증의학과 교수실
청소 담당 여사님

고맙습니다
덕분에 저희가 편히 지내고 있습니다

뭘요
제가 할 일인데요
죽으면 썩을 몸
일할 수 없는 날이 속히 오지 않겠어요?
저는 화장실 청소하고 나면 제일 기분 좋아요
속이 다 시원해요

반짝반짝 변기
뽀송뽀송 세면대
날 보러 와요
한껏 자태를 뽐내는 향긋한 장미

참 아름다운 삶
참 멋진 철학

친해진 우리는 복도에서 만나면 자주 이야기를 나눕니다. 가끔 연구실 책장에 있는 책의 먼지도 털어주십니다. 가족사진이 들어있는 액자도 닦아주십니다. 나는 가끔 커피나 과자를 대접합니다. 내가 쓴 시집들도 선물합니다. 어느 날 나에게 묻습니다.

"교수님. 교수님이 나비넥타이를 하고 의사가운 입으신 모습을 보면, 꼭 어린 왕자 같아요. 왜 그리 젊게 보여요."

"어린 왕자요? 내가 몇 살 같은데요?"

"마흔 초반?"

"농담도. 하하. 하여튼 열다섯 살이나 깎아주시니 고맙네요."

"그런데 동안의 비결이 뭐예요?"

"비결요? 특별한 것 없어요. 여사님하고 웃고 떠들고. 많이 내려놓으려하죠. 이것 저것 쓸데없는 욕심. 시인이니까 그냥 시 쓰고, 낭송하고, 가끔 바닷속에도 가보고, 산에 가서 솔바람도 느끼고……"

"아하. 그렇구나. 그래서 보직도 확 던져버리셨구나."

주말에 글을 쓰기 위해 병원에 나오면, 괜히 수술장을 한 번 둘러봅니다. 그 넓은 곳이 먼지 하나 없이 깨끗합니다. 고요하고 장엄합니다. 어떤 때는 성전에 온 느낌입니다. 성전을 비질하던, 성스러운 이들을 떠올려 봅니다. 그들을 위해 기도합니다. 늘 건강하고 행복하시길.

동안

교수님을 보면
항상 부러워요
늘 얼굴에 생기가 넘쳐흐르고
영원한 청년 같기도 하고
보는 제가 그냥 힘이 나요
비법이 뭔가요

내 마음의 바다에는
자리에 대한 욕심이 없습니다
돈에 대한 욕심이 없습니다
여자에 대한 욕심이 없습니다
삶에 대한 집착이 없습니다

내 마음의 바다에는
좀 더 나은 시에 대한 욕심이 조금 있습니다
좀 더 나은 마취에 대한 욕심이 조금 있습니다
좀 더 아름다운 추억에 대한 욕심이 조금 있습니다
좀 더 향기로운 술과 좀 더 투명한 자유에 대한 집착이 조금 있습니다

하하하 농담입니다
진정 그럴 수만 있다면

그래도 늘 꿈은 꿉니다

저 푸른 바다를 닮을 수 있기를
하늘을 나는 저 바람이 될 수 있기를

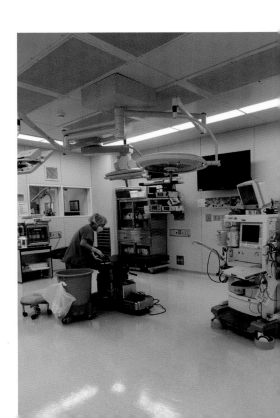

20 숨을 쉴 수 없어요

　마취 의사는 수술실에서 다양한 일을 하지만, 그중에서도 가장 중요하고 응급을 다루는 일은 환자의 숨쉬기와 관련된 기도확보와 기관내삽관(endotracheal intubation)일 것입니다. 이는 중환자실 또는 응급실에서 근무하는 의사들에게도 마찬가지입니다. 허용된 시간이 아주 짧습니다. 조금만 시간을 지체해도 환자의 생명이 위험합니다. 그러니 이쪽 부분은 머리가 터지도록, 끊임없이 공부해야 하고, 또 술기를 잘 익혀야 합니다. 우선 기도의 해부 및 생리에 대해 잘 이해해야 합니다. 기도확보와 기관내삽관에 필요한 여러 가지 기구와 그 사용방법을 숙지해야 합니다. 기도 자극에 따른 생리적 변화에 대한 공부, 역시 꼭 필요합니다.

　환자가 수술전처치실에 들어오면 기도 검사를 철저히 합니다. 기도확보 및 기관내삽관에 장애가 될만한 요소가 무엇인지 확인하는 것이죠. 예를 들면, 치아가 흔들리거나, 위턱이 돌출된 경우, 입을 벌리기 어려운 경우, 암 등으로 인두나 후두가 막힌 경우, 목의 굴곡 및 신전 운동이 어려운 경우에는 기도확보 및 기관내삽관이 어려울 것으로 예상을 합니다. 이럴 경우, 마취과 학회에서 만들어 놓은 가이드라인(algorithm)에 따라, 순차적으로 다양한 계획을 세워야 합니다.

　기도확보를 하는 방법 및 기구 몇 가지를 소개합니다. 우선 안면마스크를 씌우고 공기주머니를 짜서, 강제로 호흡을 시키는 양압 환기가 있습니다. 이것이 잘 안 되면, 코 또는 입에 넣는 기도유지기를 사용합니다. LMA라 불리는 후두마스크가 있구요, 여러분이 잘 아시는 인투베이션 즉, 기관내삽관이 있습니다. 일반적인 방법으로, 기관내삽관이 어려울 것으로 판단이 들면, 기관지내시경을 사용하여 기관내삽관을 하기도 합니다. 주로 후두암 수술 때나 경추 골절 환자를 마취할 때 많이 사용합니다. 그 외 다양한 방법과 기구들이 있습니다. 이도 저도 어렵거나, 촌각을 다툴 때는 수술적 방법을 사용합니다. 목을 뒤로 제치면 툭 튀어나오는 울대뼈가 만져집니다. 그 아래에 있는 막을 뚫어서 산소를 주입하는 관을 넣기도 하고, 아예 기관 자체를 절개하여 기관내삽관 튜브를 삽입합니다.

보고에 따르면, 아무리 경험 많은 마취 의사일지라도, 0.5~2%의 환자에서 어려운 기관내삽관을 맞닥뜨립니다. 마취 의사의 피할 수 없는 숙명인 것이죠.

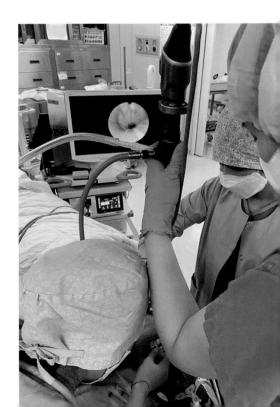

흑심

어머니
준호 기관내삽관이 어려워 다섯 번 만에 겨우 했어요
목이 부울 수 있으니 하루 정도 입원 해야겠어요

그럴게요 선생님
우리 아이 지켜주서서 고맙습니다
얼굴도 예쁘지만 마음씨도 참 곱다

저녁 무렵 회진하러 갔을 때
신나게 게임하는 아이와 할머니뿐

걱정하지 마세요 다 괜찮아요
준호 엄마 어디 가셨나요
도시락 사러 잠깐 나갔어요
오시면 걱정할 것 없다고 꼭 좀 전해주세요

내려오는 계단
가슴이 콩닥콩닥
아직도 나에게 이런 마음이 남아있었나
빨갛게 익어가는 부끄러운 홍조

꼭 32년 전입니다. 공중보건의 2년 차, 영종도라는 섬으로 발령을 받았습니다. 지금은 세계 유수의 큰 국제공항이 위치하고 있으나, 그 당시에는 교통이 매우 불편했습니다. 섬에 들어가려면, 일단 인천 월미도에서 배를 타고 30분 정도 바다를 건너야 했고, 뱃터라 불리는 부두에서 버스를 타고 다시 30분 정도 더 가야 보건지소에 도착할 수 있었습니다. 위수 지역이라, 저녁만 되면, 배를 포함한 모든 교통이 다 끊어졌고, 해안초소 곳곳에 군인들이 배치되었습니다. 밤이 되면, 아주 적막한 곳으로 변하곤 했죠.

부임해 보니, 보건지소에서 조금 떨어진 곳에, 의사 선생님 한 분이 의원 개업을 준비하고 있었습니다. 고향이 영종인 그 선생님은 3년 동안의 공중보건의사 생활을 끝내고, 많은 고민 끝에 전문의 과정을 밟지 않고, 일반의로서 바로 개업을 하기로 결심했다고 했습니다. 나이도 나와 몇 년 차이가 나지 않았구요. 바다와 시를 좋아하는 것도 서로를 가깝게 했습니다. 오후 근무가 끝나면, 오토바이를 타고 꼬불꼬불 산길을 지나, 섬의 북서쪽에 있는 여담포라는 아담한 포구에 같이 가곤했죠. 망둥어와 게들의 놀이터인 갯벌 위로 석양이 붉게 물드는 것을 보면서, 같이 소주도 기울이면서, 시에 대하여, 사랑에 대하여, 살아온 인생에 대해서 많은 이야기를 나누었습니다. 워낙 친절하고, 또 아는 사람도 많으니, 개업한 의원이 참 잘되었습니다. 섬의 조그마한 의원에 그 귀한 엑스레이도 있었으니까요.

날씨가 조금씩 청량하게 느껴지기 시작할 즈음, 그 선생님이 결혼을 하였습니다. 신혼여행을 갔다 온 지, 며칠 되지 않은, 달도 없는 새벽. 보건지소 문을 다급하게 두드리는 소리가 있었습니다.
"선생님. 원장님이 숨을 쉬지 않아요. 의식도 없구요."

사모님에 의해, 새벽에 의식불명 상태로 발견된 것입니다. 맥박이 잡히지 않았습

평생 그 아픔을 가지고 살아야 할 것입니다.

　가을날 늦은 금요일 저녁, 여의도에서 모임이 있었습니다. 회식에서 한잔하고, 친구들과 헤어진 후, 택시를 타고 마포대교를 건너는 중이었습니다. 다리는 교통체증이 심했습니다. 군데군데 전화와 CCTV가 있었고, 다리 난간에 무엇인지 모를 글귀들이 쓰여있었습니다. 택시에서 내렸습니다. 난간을 붙잡고, 유심히 바라보는 내 모습이 걱정되었는지, 택시가 한동안 그 자리에 서 있었습니다. 내 뒷모습이 무언가 불안하고 스산했는가 봅니다.

　"밥은 먹었니? 별일 없지? 잘 지내지?"
　"많이 힘들었구나. 말 안 해도 알아."
　"기지개 한 번 켜고 커피 한 잔 어때?"

　투신자살이 일어나는 장소에 설치된, 응원과 위로의 뜻을 담은 메시지였습니다. 내가 지나갈 때마다 발광다이오드 불빛이 밝아와, 그 글귀들을 읽을 수 있었습니다. 그 글귀들의 사진을 찍는 내 모습을 보고는, 택시 기사님도 안심했는지 곧 떠났습니다. 다리 끝까지 오면서, 그 글귀들을 다 읽어보았습니다. 참 아렸습니다. 자살을 막고 싶은 간절한 마음들이. 한편으로는 걱정도 되었습니다. 그 글귀들이 자살하려는 이들의 마음을 순간적으로 더 약하게 만들지도 모르겠다는, 마음 한구석의 우려 때문이었습니다. 이 글을 쓰는 지금, 자료를 찾아보니, 마포대교의 글귀들은 2019년 10월 모두 없앴다고 하네요. 나도 판단하기가 어렵습니다. 잘한 것인지, 못한 것인지.

청춘에게

유월의 산들바람
하늘은
저리도 청량한데

이를 어째
저를 어째
어쩌자고 그 높이에서
몸을 던졌니

아직도
소녀 티를 벗지 못한
스무 살 어린 애기

청춘의 아픔이
아무리 깊다 한들
살아서 끝을 봐야지
강물처럼 흘러 보냈어야지

목이 부러지고
내장이 터져 나오고
팔 다리가 꺾어지고
고왔을 네 모습
어디에도 없고

>
나는
눈물로 너에게 마취 주사를 놓는다
먹먹함에 목이 메여 천장만 쳐다본다

많이 힘들었구나 많이 아팠구나
네 목소리 귀 기울여 들어주지 못했구나

외로웠구나 서러웠구나 절실했구나
다정스레 단 한 번도 안아 주지 못했구나

거기서 내려오라
간절한 손 한 번 내밀지 못했구나

한국 청소년 자살 문제는 10년 이상 세계 1위를 달릴 정도로 매우 심각한 상황입니다. 통계청의 2020년 자료를 참고하면, 9세~24세 청소년 인구 10만 명당 11.1명이 자살로 사망했다고 합니다. 이는 차 사고보다 무려 2배 이상 많은 수치입니다. 자료에 의하면 한국의 중고등학생들의 4분의 1이 우울감을 경험한다고 합니다. 스트레스에 시달리는 학생들도 전체 응답자 중 절반에 이른다고 합니다. 아마도 이는 학업과 성적에 대한 과도한 경쟁과 스트레스가 만연한 우리 사회의 고질적인 문제 때문이라 생각됩니다. 국가와 사회 전체적인 관심과, 촘촘한 자살 예방 정책과 체계적인 사업이 하루빨리 성과를 나타냈으면 하는 바람입니다.

그러나 무엇보다도 가까이 있는 가족과 친구들의 관심과 따스한 사랑이 더 중요할 것입니다. 함께 이야기 나눌 수 있는 시간들 좀 더 만들어요. 함께 밥 먹을 수 있는 시간들 좀 더 만들어요. 함께 울고, 웃을 수 있는 시간들 좀 더 만들어봐요. 늘 바쁘다는 핑계만 대지 말고.

그리고 청소년 여러분. 힘이 들고, 마음이 아플 때, 자존심 상해도, 서슴없이 이야기해요. 나 힘이 들어요. 나 많이 아파요. 우리는, 여러분의 가족은, 여러분의 친구들은 여러분의 이야기 들어줄 수 있어요. 여러분과 같이 울어줄 수 있어요. 여러분을 위해 기도해 줄 수 있어요.

나도 대학생 때, 심한 우울증에 빠져, 음독자살을 시도한 적이 있습니다. 그래서 여러분들의 마음을 조금은 이해할 수 있습니다. 아무리 힘들고 희망이 없어 보여도, 강물은 흐르고 또 흐른답니다. 우리 살아서 끝장을 봐요. 함께 해 봐요.
감히 부탁합니다. 거기서 내려오라. 간절한 손 내밀어 봅니다. 다정히 한번 안아보자. 가슴을 비워놓겠습니다.

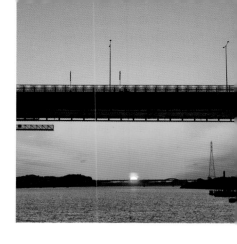

한계령

음독 후 퇴원하고
서울로 가는 버스 안

엄마 무릎에 얼굴을 묻고
비몽간 사몽간

언뜻언뜻
보이는
새하얀 눈의 장막

굽이굽이
돌 때마다

무엇이 내 새끼를 이리 아프게 했냐
무엇이 내 새끼가 어미를 떠나게 했냐

미안하다
미안하다

22 자식이란 무엇일까

올해도 4월 16일 새벽이 찾아왔습니다. 하늘에는 별도 없고, 구름만 잔뜩입니다. 차라리 비라도 쏟아지면 그나마 나을텐데, 빗방울만 가끔 흩날립니다. 차마 드러내지 못하는 아픔을 가슴에 묻어놓고, 이불 밑에서 오열하고 있을 가련한 아비, 어미들에게 깊은 위로를 표합니다.

몇 년 전 갑자기 유엔인구기금 직원으로, 아프리카 가나로 가기로 결정했다는 딸의 연락을 받았습니다. 고등학교 때부터 책상 위 벽에, 아프리카를 위하여 공부하겠다는 결심을 적은 표어를, 보란 듯이 붙여놓은 아이입니다. 대학에서 국제학과 국제협력학을 전공했고, 늘 아프리카에서 일하고 싶다는 희망을 피력해 온 만큼, 크게 놀라지는 않았지만, 적잖이 당황했습니다. 특히 나의 아내의 걱정은 이루 말할 수 없었습니다. 그러나 고집 세고, 당당하고, 이미 장성한 딸이 결정한 것을 우리가 어떻게 바꿀 수 있겠습니까? 가기 전, 철저한 건강검진과 예방조치를 하는 조건으로 허락했습니다.

치과 검진 결과, 매복되어 보이지 않았던, 사랑니 네 개가 있었습니다. 모양이 조금 이상했는데, 그중 하나는 기울어져 있었고, 하나는 아예 옆으로 누워있었습니다. 지금까지 아프지 않았던 것이 신기할 정도였습니다. 발치 말고는 방법이 없었죠. 가나에서 탈이라도 나면, 큰일이니까요. 구강외과 교수님과 상의 결과, 전신마취 후 네 개 모두를 뽑는 수술을 하기로 했습니다. 원래는 같은 쪽 두 개씩, 한 달 간격으로 해야 하는데, 워낙 시간이 촉박하다 보니 그렇게 결정을 한 것입니다.

수술 당일, 내 아내는 연신 걱정입니다. 그도 그럴 것이, 내 아내가 마취에 트라우마가 있거든요. 그 딸을 낳느라 척추마취를 했는데, 그것이 제대로 되지 않아 중간에 전신마취로 바꾸었고, 경막외로 넣은 카테타가 잘못되어, 또 수술 후 통증 때문에 무지 고생하였지요. 나 역시도 안절부절못하기는, 마찬가지였습니다. 마취에 대해서는 걱정을 하지 않았는데, 한꺼번에 네 개를 발치해야 하기에, 또 사랑니 모양이 그리 좋지 않아, 수술 후 합병증과 통증이 걱정되었기 때문입니다. 대학 시절, 사랑니를 뽑은 후에, 출혈과 하치조 신경 마비로 무려 한 달 이상 고생을 하였던 경험이 있었기에 말입니다.

망치와 정, 엘리베이터라 불리는 작은 지렛대에 의하여, 오랫동안 그렇게 보이지 않았던, 내 딸의 사랑니들이 쪼개어져 밖으로 나왔습니다. 두어 시간의 수술이 끝나고, 회복실로 옮겼습니다. 거즈에 물을 적셔, 입술에 묻어있는 피를 닦아주었습니다. 비로소 의식이 돌아온 딸은 평소와 다르게, 내 눈을 뚫어지게 처다보며, 내 손을 꼭 잡고 놓지를 않습니다. 무엇이 고마운지, 연신 고맙다고 합니다. 어디가 아픈지, 연신 아프지 말라고 합니다. 무슨 꿈을 꾼 것일까요? 꿈에서 누군가를 만난 것일까요? 혹 그 "지혜의 치아(wisdom tooth, 智齒)"라 불리는 현자를 만나, 갑자기 철이 들어버린 것일까요?

수술은 딸이 받았는데, 아비가 속이 타고, 마음이 아픕니다. 연신 냉수만 들이켭니다. 내 입속에도 피멍이 들었습니다.

사랑니

아비에게 있어
자식이란 사랑니 같은 것 아닐까

잇몸 깊숙한 곳에서
고이고이 자라고 있다가
문득
처음 느껴본 통증으로 기억되는 것
피와 아픔의 시간들이 지나야
비로소 제대로 바라다볼 수 있는 것

사랑니 매복치 네 개를
동시에 뽑기 위해
병원에 가는 날 새벽

어휴
이제는 만으로 쳐도 이십 대네요
그러면서도
강아지 인형을 끼고 자는
나에게는 아직도 철없는 딸
마취할 생각을 하니
아득하기만 하다

회복실에서

피 묻은 입술을 닦아주고
물 적셔 주니
갸름하게 눈 뜨며 하는 말
수고했어요 아빠
고마워요 아빠
아프지마세요 아빠
내 손을 꼬옥 잡고 놓질 않는다

병실에서 노심초사 기다리는 초췌한 아내에게
손을 넘겨주고는
허겁지겁
냉수를 한 잔 들이켜는 순간

물컹한 느낌
왼쪽 뺨 안쪽을 야물게도 깨물었다

번져 나오는
선홍빛 비릿한 내음

아비에게 있어
자식이란
혼자 삼켜야 하는 핏빛 눈물 같은 것 아닐까

자식에게 있어
아비란

한없이 깊고 넓은 바다가 아닐까
한없이 높고 푸른 하늘이 아닐까

그 배가 기울어져 갈 때, 얼마나 무서웠을까요? 그 배에 찬물이 차오를 때, 누구를 찾았을까요? 절망에 잠기어 갔던, 그 어린 영혼들 가슴에 마지막으로 떠올랐던 것은 무엇이었을까요?

시위를 하다 연행되어, 경찰서 유치장에 갇혀 있었습니다. 이윽고 아버지가 오셨습니다.

"별 탈 없제. 몸은 괜찮나? 집에 가자"
"……"

고향을 떠난 이후로, 참으로 오랜만에, 아버지와 동네 목욕탕에 갔습니다. 말없이 등을 밀어주셨습니다. 기죽지 말란 듯, 등짝도 쳐주셨습니다. 주저주저 나도 아버지 등을 밀어드렸습니다. 그동안 보이지 않았던, 아니, 보려고도 하지 않았던 아버지 등이 비로소 보였습니다. 비록 마르고, 작았지만, 넓고도 깊은 바다가 거기에 있었습니다. 높고도 푸른 하늘이 거기에 있었습니다.

아버지

시원하다
연행된 후
고향에 있을 때

억지로 같이 간
읍내 목욕탕

그 거리만큼 떨어져
각자
몸을 씻는다

갑자기 오셔서
내 등을 미신다

이제는
당신 차례

이렇게 작았었나
이렇게 좁았었나
이렇게 말랐었나

울컥 터져 나온 울음
멈추어지질 않는다

\>
괜찮다
괜찮다

희뿌연 수증기
때마침 모락모락

철들고 처음 안아본
아버지 등짝

그것만 기억되니
아직도 눈물만

딸을 멀리 아프리카 가나 땅에 보내놓고 있을 때입니다. 오늘 밤처럼 뜬눈으로 밤을 하얗게 새우고는 했습니다. 특히 카톡으로 소식을 주고받은 날은 더 하였죠. 아내는 서재에 혼자 들어가 눈물을 찍어내고, 나는 거실에서 혼자 홀짝홀짝 소주를 마십니다. 조용히 문을 열고, 딸애 방에 들어가 봅니다. 딸이 거기 곤히 자고 있을 것만 같은데, 침대는 텅 비어있습니다. 내 딸이 8살 때부터 가지고 놀던, 낡은 강아지 인형만이 잠을 이루지 못한 채, 보름달에 비친 지구본의 가나 땅을 하염없이 쳐다보고 있습니다. 딸아이 베개에 얼굴을 묻어봅니다. 꺼이꺼이 결국 목이 멥니다.

아지*

아직 이른 새벽녘
딸애 방에서 들려오는
서성이는 발자국 소리

살짜기 문 열어보니
어둠 속에 동그란 지구본 하나

머나먼 가나 땅이
달빛 받아 뚜렷한데
하염없이 쳐다보는 눈동자 하나

아지야 아지야
너는 왜 매일매일 잠들지 못하니
그리움도 지나치면 병이 된단다

얼마나 오래도록
눈물 콧물 쏟았으면
코가 헐고 눈이 퀭하고

얼마나 오래도록
저리 서 있었으면
허리가 굽어지고 팔 다리가 말랐구나

>
멀고먼 가나 땅
오브로니** 내 언니
빈방 지키며 기다리고 있어야죠
밥은 잘 먹는지, 잠은 잘 자는지
몸은 아프지 않은지 지켜보고 있어야죠

* 내 딸이 8살 때부터 가지고 놀던 강아지 인형.
** 아프리카 가나 말로 이방인이란 뜻.

우리는 결코, 잊지 않습니다. 아니, 잊지를 못합니다. 서럽고 서러운 오늘, 그 한 많은 세월을. 한없이 부끄러운 우리 자신들을. 눈에 넣어도 아프지 않을 내 새끼들을. 그러나 어린 영혼들이여. 그대들은 잊어야 합니다. 한 많고, 죄 많은 이 세상을 이제는 잊어버리고, 부디 아름답고 고통이 없는 그곳에서 영면하시기를. 우리 다시 만날 때까지.

23 같이 한번 해봐요

퇴근 후, 아파트 현관문 앞에서 한참을 서성이고 있었습니다. 현관문 비밀번호가 갑자기 생각이 나질 않습니다. 갑자기 머릿속이 하얘집니다. 아내에게 전화를 걸려고 핸드폰을 꺼냈습니다. 아내의 전화번호는 무엇일까? 생각이 날 듯 말 듯. 입안에서 뱅뱅 도는데. 도무지 떠오르지 않습니다. 아이들 전화번호는? 이건 더 생각이 나질 않습니다. 혹시 아내의 이름은? 다행히 기억이 나, 핸드폰에서 전화번호를 찾아 전화를 겁니다.

"당신 요즘 왜 그러세요? 술 좀 줄이세요."

새벽까지 강의 준비로 부산했던 토요일 아침, 학회 강의를 가는 아내로부터 다급한 전화가 왔습니다. 자동차 기어 레버가 움직여지질 않는다고. 주차장에 급히 내려갔습니다. 엔진 시동은 걸려있는데, 기어 포지션은 P에 묶여 있습니다. 브레이크 램프는 꺼진 상태이구요. 가만히 보니, 브레이크 페달을 밟지 않고 있었습니다. 시프트락이 작동된 것이지요. 운전 경력만 수십 년인데 안타깝습니다.

"당신 요즘 왜 그래? 일 좀 줄이세요."

이렇게 머릿속으로 갑자기 스멀스멀 하얀 안개가 밀려올 때는, 참으로 어이가 없습니다. 헛웃음만 나오게 되죠.

'벌써 그럴 나이인가? 망각의 강에 가까이 왔단 말인가?'

안개

차 기어 레버가 움직여지질 않아요
아내의 다급한 목소리
허둥지둥 주차장에 내려가 보았더니
브레이크 페달를 밟지 않으니
당연히 움직이지 않지
몇십 년을 운전해 왔는데
이게 왜 기억나지 않을까

아파트 현관문 앞에서
서성이길 한참 오래
당황하고 어이없어
아내에게 전화 걸어
왜 문이 열리지 않지
비밀번호 몰라요
당신 생일인데
몇십 년을 들락날락했는데
이게 왜 기억나지 않을까

돌연히
찾아오는 머릿속 하얀 절벽

스멀스멀
뭉게뭉게

치매는 후천적으로 발생한 다양한 원인으로 인하여, 기억, 언어, 지남력(계절, 시간, 장소, 사람 등을 파악할 수 있는 능력), 판단력 등의 인지 기능이 떨어져, 정상적인 일상생활이 어려운 상태로 정의될 수 있습니다. 우리나라의 경우, 2021년의 65세 이상 노인의 치매 유병률은 10.33%이었고, 치매 환자수는 88만 6천 명 정도로 추정되었습니다. 급속한 고령화로 치매 유병률은 계속 상승할 것이며, 환자수가 2030년에는 약 114만 명, 2050년에는 약 213만 명에 이를 것으로 예측이 되고 있습니다.

알츠하이머 치매라고 들어보셨을 겁니다. 점진적인 뇌세포의 퇴화로 생기는 치매로, 전체 치매 중 50~60% 정도 차지하는, 가장 많은 치매입니다. 초기에는 주로 최근 일에 대한 기억력에 문제가 있다가, 점점 다른 인지 기능이 나빠집니다. 폭력과 욕을 포함한, 충동조절 장애 등의 성격 변화가 생깁니다. 가족들이 직접 보살피기가 힘이 들기 시작합니다. 그러다가 점점 일상생활이 어렵게 됩니다. 결국 말도 할 수 없고, 몸도 가눌 수가 없게 되어, 폐렴이나 감염 등으로 돌아가시게 됩니다. 증상 발현부터 진단까지 2~3년, 그 후 6년 정도는 요양 시설 신세를 지고, 9~12년 정도에서 세상을 달리합니다.

지금의 아파트로 10년 전에 이사를 왔습니다. 위층에 건장하시고, 참 잘 생기신 어르신 한 분이 계셨습니다. 늘 정갈한 신사복, 조용한 웃음, 참 부러운 멋쟁이셨죠. 조금씩 점점 달라져 갔습니다. 낮병동을 다니신다고 하셨습니다. 무엇이 그렇게 서러운지, 연신 미안하다고, 죄송하다고. 깊은 주름에 눈물을 보였습니다. 어느 날 퇴근하고 아파트 승강기를 타는데, 눈에 익은 지팡이 하나가 난간에 걸쳐 있었습니다. 그것을 들고 위층으로 갔습니다. 결국 요양병원에 입원하셨다는 이야기를 들었습니다. 그 후, 그분을 본 적이 없습니다.

알츠하이머 치매

아파트 같은 동 바로 위층
구순 된 어르신

수년에 걸쳐 점차 호칭이 달라졌다
이봐 아저씨 학생

주일날 봄날 아침
벚꽃 울창한 현관 앞

안전부절 왔다갔다
학생 쉬 마려 죽겠어
여기 몇층이야

어르신
현관문 열쇠는요?
집 기억이 안 나세요?
제가 모셔다 드릴게요

간절한 눈망울 떨리는 손끝
결국 번져오는 바짓가랑이

세월이 강물처럼 흐른 후
지우개로 지운 듯
추억도 기억도 하나 둘
희미해져 가면

어디에서 멈추어 서 있을까
우두커니 나는

아마도
사월 봄날쯤
꽃비 속에 환히 웃던
내 색시 곱던 얼굴
그때가 아닐까

까르르 까르르
봄 햇살과 뛰어놀던
나의 분신 나의 천사들
그 시절이 아닐까

동아일보

입력 2019-07-06 03:00 | 업데이트 2019-07-06 05:18

[베스트 닥터의 베스트 건강법]
<8> 김기준 세브란스병원 마취통증의학과 교수

혈관성 치매라고 있습니다. 뇌경색이나 뇌출혈에 의하여 뇌세포가 손상되어 생기며, 전체 치매 중 20~30% 정도 차지하는, 두 번째로 많은 치매입니다. 대략, 뇌졸중 환자의 25% 정도에서 나타난다고 합니다. 꼭 그렇지는 않지만, 뇌혈관 질환 후에 치매 증상이 계단식으로 뚜렷하게 악화됩니다. 당연히 편마비, 안면마비, 보행장애, 실금 등의 신경학적 장애가 동반됩니다.

30년 전, 서울에서 처음으로, 한적하고 조그마한, 아파트로 이사를 왔습니다. 근처에 아담하고 정갈한 테니스 코트가 있었습니다. 어느 봄날 아침에 베란다에서 내려다보니, 할머니 한 분이 지팡이를 짚고 절뚝거리면서, 그 테니스 코트 주위를 계속 돌고 계셨습니다. 그런데 조금 가다가 땅바닥을 한참 내려다보십니다. 또 조금 가다가 또 내려다보십니다. 마치 씨앗을 심듯. 테니스장 직원으로 생각되는 사람이 그분을 모시고, 테니스 코트 근처에 있는 푸른 철 대문이 있는 집으로 들어갔습니다. 그 집 담벼락 안에는 낡은 몸통이지만, 초록색 물이 오른 감나무 한 그루, 처연하게 홀로 서 있었습니다.

파종

테니스 코트 옆
회색 지붕 감나무 집

그보다 더 오랜 듯
허리 굽은 저 할머니

빈 코트 가장자리
아장아장 걸어시다

호박씨 한 알 콕
서리태 한 알 콕

감나무 가지에 물이 오르고
또로록 새순이 영글어 감은

기억이 꽃 진 자리
그 꿈을 심기 때문

눈 감으면 살랑이는
그 봄을 심기 때문

당신의 손

저 여자는
나와 동갑인데도
저 손으로
대통령 탄핵을
결정하는 데
나는 뭐니

당신이 어때서
매일매일
어린 생명들
만져 주고 안아 주고
걷게 하고 먹게 하고

그들에겐
당신이 하늘일 거야

그들에겐
당신 손이 신의 선물일거야

사실 내 아내는 환자입니다. 양쪽 어깨 관절의 인대들이 여러 군데 끊어져 있거든요. 그래서 병원에서 명예퇴직을 하고, 한동안 집에서 쉬었지요. 그런데 아이들을 치료해야 하는, 그 팔자는 어쩔 수 없나 봅니다. 내 아내를 찾는 환자와 보호자도 많고, 또 그토록 다시 하길 원하고. 그래서 결국 다시 일하는 것을 허락했고, 치료실도 마련해 주었지요. 그러길 벌써 10년이 가까이 되었네요.

최근에는 집에 와서 어깨가 아프다는 이야기를 자주 합니다. 진통제를 먹기도 하고, 파스를 덕지덕지 바르기도 합니다. 아무리 조심해서 했다고 하나, 기본적으로 어깨를 포함하여, 상지를 사용해서 하는 치료라, 무리가 가지 않을 수 없겠지요. 힘이 들었는지, 어떨 때 새벽에는 어깨를 치면서 끙끙 앓습니다. 대신 아파줄 수도 없고, 진통제 말고는 뾰족한 방법이 없어 마음이 몹시 아픕니다. 그 낡은 어깨를 주무르면서, 하얗게 아침을 기다립니다.

참으로 안타깝고, 걱정이 많이 됩니다. 일을 줄이거나, 그만두라고 해도 말을 듣지 않습니다. 관절이 굳고 몸이 뒤틀리는, 아이들이 눈에 밟혀, 그러지를 못하겠다고 합니다. 죽으면 썩을 몸, 아끼면 뭣하냐고 도리어 반문합니다. 아이들을 치료할 때는, 몰두해서 그런지, 아프지 않다고 배시시 웃습니다. 할 말이 없습니다. 아무튼, 어깨 인대 상태가 더 이상 나빠지지 않았으면 하는 가족들의 간절한 바람뿐입니다.

소명

아파
아파
어깨가 아파

새벽마다 잠을 깨는
내 아내는
작업치료사

팔 다리
굳어져 가는
어린 생명들
못내 안타까워
인대 끊어진 어깨
그냥 두질 못한다

쉬게 해야지
걱정되어
무작정 찾아간
아내의 치료실

말문을 닫게 만든
땀 송송
눈물 한 바닥

그리고
환한 웃음들

그저 해야 할 일을 할 뿐

넌지시 던져오는
마음을 녹여 내는
참 따스한 시선

25 몸으로 배운 귀한 가르침

아직도 기억이 생생합니다. 찬비가 내리던 새벽, 서울역에 내렸더니, 위압적으로 굽어보던 거대한 대우빌딩. '나 여기서 생존할 수는 있는 걸까?' 두려움이 밀려오기 시작했습니다.

예과 1학년 시절은 신촌 로터리 근처에 있는, 허름한 독서실에서 먹고, 자고 생활했습니다. 간간이 청소도 하고, 사장님 일도 돕고, 밤에 경비도 서며, 그렇게 생활비도 일부 보충했습니다. 하숙집을 구하지 못할 만큼, 고향집 사정이 그렇게 어려운 편은 아니었습니다. 부산에서 다니던 학교를 자의로 그만두고, 상경을 한지라, 아마도 혼자 해결해보자는 자존심과 '이 나이에'라는 자괴감 때문이었을 겁니다. 지금도 고학을 하는 많은 학생들이 그러하듯이, 나 역시 라면이 주식이었습니다. 독서실 바깥 계단에 쪼그려 앉아 라면을 끓이고, 후루룩 마시듯이 먹어치우곤 했습니다. 무슨 맛이었을까요? 도무지 기억이 나질 않습니다. 다만, 조금만 더 버티어보자. 독기가 가득 서린 칼칼하고 아린 맛. 그래서인지, 지금의 나는 라면을 별로 좋아하지 않습니다. 가끔 라면이 당겨 끓여보지만, 몇 젓가락도 먹지 못하고 버립니다. 그 짭조름한 스프 맛이 결국 속을 긁기 때문입니다. 나의 위장과 나의 가슴 속을 말이죠.

라면의 추억

매일 아침과 저녁
독서실 문밖 계단
쪼그려 앉아
등산용 버너에 불을 붙여
라면을 끓였다

기름기 동동 황금빛 폐수
내 혈관에 들어가 피가 되었다
꼬불꼬불 부스스한 미친년 머리칼
내 위장에 들어가 살이 되었다

무슨 맛으로 먹었을까
그때는

쓸쓸하고 잔인했던
못으로 속을 긁는
칼칼하고 아린 맛

역청처럼 끓어오르던
그 독기의 맛

신촌 로터리와 연세대 정문 사이, 번화한 거리. 연세로. 자본의 극치이자, 젊은이들의 웃음과 활보가 가득한, 문화의 거리. 그러나 나에겐 오랫동안 한숨과 눈물의 거리. 날 껴안고 날 입맞춤하며, 내 청춘을 지배했던, 그 사무친 7년의 시간들. 죽음을 대학노트처럼 끼고 다니던, 암울하고 우울했던, 미칠 것 같았던, 회색빛 나의 인생. Une vie sombre.

유월의 어느 새벽이었습니다. 독서실에 있는 침상에서 자고 있는데, 누군가가 나를 깨웠습니다. 아마도 무서운 꿈을 꾸고는, 헛소리를 질렀던 모양입니다. 아직도 그 꿈이 생생합니다. 울긋불긋 옷을 입은 무당이 방울을 흔들며 나에게 다가왔습니다. 신을 받아야 한다고 했습니다. 나는 하나님 믿는 사람이라, 절대 받을 수 없다고 소리를 질렀습니다. 신을 받지 않으면, 큰일이 난다고 했습니다. 그래도 괜찮다고, 주여 주여 주님만 찾았습니다.

일어나보니, 이마는 불덩이처럼 뜨거웠고, 온몸은 땀으로 범벅이 되어있었습니다. 무언가 모를 한기로 이빨이 덜덜 떨렸습니다. 화장실에 가서 소변을 보니, 장밋빛 꽃물들이 똑똑 떨어졌습니다.

비몽사몽 속에 아침이 오기를 기다렸습니다. 학교 보건소에 갔습니다. 감기 같다고 약을 지어주었습니다. 며칠을 먹었는데도 효과가 없었습니다. 피오줌은 계속되었습니다. 모교 대학병원 신장내과로 가라고 하기에, 찾아갔습니다. 미국에서 갓 오신 유명하신 분이라고 했습니다. 신장병의 대가라고. 2분 정도 진료를 보았던 것 같습니다. 잘 먹고 잘 쉬어야 한다고 했습니다. 약을 처방해 주었습니다. 아무런 검사도 하지 않고, 일주일 후 다시 오라고 했습니다. 다행히 열도 떨어지고, 피오줌도 나오지 않았습니다. 두어 달 약을 먹었습니다. 몸이 붓기 시작했습니다. 1년쯤 후, 사타구니에 종괴가 만져졌습니다. 외과로 가보니, 암일지도 모르니, 조직검사를 해야한다고 했습니다. 일단 엑스레이를 찍어보니, 배 왼쪽에 하얗게 무슨 흔적이 보였습니다. 신장결핵 같은데, 비뇨기과로 가보라고 하였습니다.

비뇨기과에서 결핵약을 6개월 정도 먹었습니다. 그런데 가끔씩 찾아오는 통증은 오른쪽 옆구리에 있었습니다. 통증이 찾아오면, 잦아들 때까지, 한 시간이고, 두 시간이고 누워있어야 했습니다. 정작 병이 있다는 왼쪽 옆구리는 멀쩡했구요. 한 차례 음독자살도 시도했습니다. 학교도 1년간 쉬었습니다. 이윽고 본과 3학년이 되었습니다. 증상은 변하지 않았습니다. 비뇨기과학 공부를 참 열심히 했습니다. 정맥요로조영 촬영을 하는데, 필름을 유심히 보았습니다. 내가 보기에, 오른쪽 콩팥 속에 초승달 같은 무언가가 있는 것 같았습니다. 교수님께 말씀드렸더니, 야단만 맞았습니다. 결국 수술을 받기로 결정했습니다. 왼쪽 콩팥을 일부 절제하였습니다. 수술을 받은 후에도, 여전히 오른쪽 옆구리에 통증이 간간이 찾아왔습니다. 정신과에서 면담치료와 약물치료를 받았습니다. 효과가 없었습니다. 내가 너무 예민해서 그렇다고 했습니다. 통증을 친구로 생각하고, 그냥 다독거리고 살면, 언젠가는 없어질 거라고 격려도 해주었습니다. 마치 자기가 겪어본 것처럼 말이죠.

본과 4학년 10월 첫 월요일, 신경과 임상 실습이 시작되는 날이었습니다. 병동에서 교수님의 회진을 기다리는데, 갑자기 오른쪽 옆구리에 쥐어짜는 경련성 통증이 찾아왔습니다. 데굴데굴 굴렀습니다. 전형적인 요관결석 통증. 급히 응급실로 옮겨지고, 조마조마 기다렸습니다. 오른쪽 요관 속에 초승달을 닮은 결석이 반짝거리고 있었습니다. 응급실에서 응응 목놓아 울었습니다. 서러움과 기쁨의 눈물이었습니다. 체외충격파로 결석을 부수었습니다. 요도관에 연결된 투명한 줄 속에 모래알처럼 생긴 알갱이들이 천천히 빠져나오고 있었습니다. 그 순간부터 아픔과 눈물이 없는, 나의 장밋빛 인생이 다시 시작되었습니다. La Vie En Rose.

귀 기울여 듣기

대학 1학년, 고열과 혈뇨
학교 보건소에 갔더니
감기 같은데 약 먹으면 괜찮아
그래도 나아지질 않아

대학병원 내과
신장병인 것 같은데
잘 먹고 잘 쉬어 약 잘 먹고
일 년이 지나도 나아지질 않아
이제 사타구니에 임파선이 붓는데요
그럼 외과를 가야지

일반외과
암인지 모르니 조직검사 해야 한데
보호자도 없어 어찌할 바 모르다가
일단 엑스레이 찍어보니 배 왼쪽에 큰 흔적이 하나
신장결핵 같은데 비뇨기과 가보래

비뇨기과에서 결핵약 먹고 또 2년이 지나도 나아지질 않아
틈틈이 찾아오는 통증은 오른쪽에 있는데
혹 신장결석 아닌가요?
정맥요로조영 사진에 돌 같은 것이 있는 것 같은데
이놈아. 네가 뭘 알아? 그럼 일단 수술받아

왼쪽 콩팥을 절제한 후에도 나아지지 않자
신경성이나 정신병일지 모르니 정신과 가보래

1년간 면담치료 약물치료 효과가 없어
넌 방법이 없어. 아픈 것을 잘 다독거리며 살아봐

본과 4학년 10월 첫 월요일
임상 실습 돌다 갑자기 심해진 오른쪽 옆구리 쥐어짜는 통증
바로 이거야! 요관결석
아픔보다는 기쁨으로 눈물 가득

체외충격파로 결석을 제거한 그 순간부터
아픔과 눈물이 없는 장밋빛 인생이 다시 시작되었다
그러나 용서의 시간까지는 살아온 삶만큼이나 지나야 했다

몸으로 체득한 진정한 공부
환자 이야기 귀담아듣기

26 섬김 그리고 헌신

전 세계를 공포에 빠트린 COVID-19의 기세가 아직도 상당합니다. 이 무서운 전염병 방역의 최일선에 있는 이들이 바로 간호사들입니다. 얼굴에 덕지덕지 밴드를 붙이고, 무거운 방역복을 입고, 코로나와 싸우는 그들을 보면, 안타깝기도 하고, 고맙기도 하고, 미안하기도 합니다. 그들이 졸업식 때, 비장한 마음으로 외치는, 나이팅게일 선서가 생각납니다.

"나는 일생을 의롭게 살며, 전문간호직에 최선을 다할 것을 하나님과 여러분 앞에 선서합니다. 나는 인간의 생명에 해로운 일은 어떤 상황에서도 하지 않겠습니다. 나는 간호의 수준을 높이기 위하여 전력을 다하겠으며, 간호하면서 알게 된 개인이나 가족의 사정은 비밀로 하겠습니다. 나는 성심으로 보건의료인과 협조하겠으며, 나의 간호를 받는 사람들의 안녕을 위하여 헌신하겠습니다."

이러한 노고를 기억하고, 그들의 헌신에 대하여 감사를 표시하기 위하여, 세계보건기구 WHO 는 '백의의 천사'로 불리는 '플로렌스 나이팅게일' 탄생 200주년인 2020년을 '세계 간호사와 조산사의 해'로 정했습니다. 정말 수고가 많습니다. 고맙습니다.

현재 한국의 간호 및 간호사 수준은 세계 최고입니다. 독일, 미국, 호주 등지에서 일하고 있는 한국 출신 간호사들에 대한 호평만 보아도 그렇습니다. 선진 외국의 상황과는 다르게, 상당히 힘든 국내 병원의 환경을 고려해 보면, 이들의 적극적이며 헌신적인 간호와 수준 향상을 위한 노력이 없었다면, 오늘의 한국 의료는 없었을 것입니다. 이러한 한국 간호의 시작은 세브란스 병원의 전신인 제중원과 그 뿌리를 같이합니다.

1885년 제중원 개원 직후에는 전문적인 간호사 양성이 어려웠습니다. 조선시대 의녀를 선발하던 전례에 따라, 우선 총명한 기녀 5명을 선발하여 의술 및 약제술에 관한 교육을 시켜 간호업무에 투입하였습니다. 그러나 이들은 간호사로서의 전문적인 직업의식이 부족하고, 기녀와 간호사 사이에서 정체성의 혼란을 겪게 되었고, 결국 이 계획은 실패로 끝났습니다. 그 후, 간호업무는 대체로 선교 의사들의 부인들이 담당했습니다.

제중원의 간호는, 즉 한국의 간호는 1893년 에비슨의 부임으로 새로운 전기를 맞게 됩니다. 에비슨 원장은 1894년 미국 선교 본부에 조선인 간호사를 훈련시킬 수 있는 전문가 파송을 요청했습니다. 1895년 4월, 마침내 제중원의 첫 정규간호사인 제이콥슨(Anna P. Jacobsen) 간호 선교사님이 조선에 도착합니다. 미국 북장로회 선교부에서 파견한 첫 간호사이자, 조선에 부임한 최초의 서양인 간호사인 제이콥슨 선생님은 간호학, 청결법, 살균소독법, 붕대 사용법 등을 가르치며, 조선인 조수들을 간호사로 훈련시켰습니다. 얼마 되지 않아 콜레라가 크게 유행했습니다. 에비슨과 제중원의 간호사들은 지극히 헌신적으로 환자들을 치료하여, 놀라운 성과를 거두었습니다. 이때의 활동으로 조선 사회가 비로소 근대적인 '간호'의 개념에 눈뜨기 시작하였습니다. 그러나 선생님은 과로와 열악한 생활환경에서 이질에 걸려 고생하다가 겨우 죽을 고비를 넘겼으나, 이듬해 간농양이 겹쳐 1897년 1월 20일 29세의 젊은 나이로 돌아가시게 됩니다. 현재 선생님의 묘소는 양화진 외국인 선교사 묘원(C-01)에 있습니다. 선생님의 묘지에서 한 걸음쯤 떨어진 곳에는, 오래전에 베어진 아카시아 나무 그루터기가 덩거렇게 홀로 남아있습니다. 갈 때마다 마음이 영 좋지 않습니다. 그 젊은 나이에.

제이콥슨 선생님 후임으로 쉴즈(Esther L. Shields) 선생님이 1897년 입국하여, 제중원 간호를 담당합니다. 이분은 '한국의 나이팅게일', '세브란스의 천사'라고 불릴 정도로, 온갖 궂은일들을 마다하지 않고, 몸소 실천하는 간호 지도자였습니다. 이분은 간호사 교육에 특별히 관심이 많았습니다. 부임 초기부터 간호사 양성을 위한 교육기관의 필요성을 역설했으며, 결국 1906년 세브란스 병원 내에 간호부양성소를 만들었습니다. 선생님은 특히 간호부양성소의 질 높은 교육은 물론, 간호사의 높은 질적, 도덕적 자질을 요구했습니다. 환자의 육체와 영혼의 치유까지 고려해서, 전문적인 간호를 환자에게 제공하는 것을 목표로 간호사 인재들을 키워냈습니다. 그 결과 1910년 6월에 첫 졸업생, 김배세 선생님을 필두로, 독립운동과 여성운동에 헌신한, 이정숙, 정종명, 이금전 선생님 등 훌륭한 제자들을 많이 길러냈습니다. 이분의 글 중에 내가 특히 좋아하는 구절이 하나 있습니다.

"간호사는 절대적으로 불에 타지 않는 성격을 가져야 한다."

나는 이렇게 해석합니다.
"간호사는 환자를 위해서라면, 불 속이라도 뛰어들어야 한다."

참고로 말씀드립니다. 한국 최초의 공식 간호교육기관은 쉴즈 선생님과 간호교육을 위해 밀접하게 협력해 오던, 감리교 소속, 에드먼즈(Margaret J. Edmunds) 간호 선교사님이 1903년 보구녀관(保救女館)에 만든, 간호원양성학교입니다. 이 선생님은 Nurse의 한국어인 '간호원' 명칭을 만들었으며, 첫 한글 간호 교과서를 번역, 발간했습니다. 두 분 사진을 보면 똑 부러질 듯, 당차게 보입니다. 하나님에 대한 믿음 하나만 가지고, 태평양을 건너 멀고 먼 타국 땅에 발을 디딘, 젊고 고결하고 강렬한 결기가 그대로 느껴집니다.

2017년 5월에, 한 편의 영화를 보았는데, 보는 내내 눈물을 감출 수 없었습니다. 그 제목은 이러합니다. '서서평, 천천히 평온하게'. 쉐핑(Elisabeth J. Shepping) 간호 선교사, 아니 끝까지 이방인이 아닌 한국인으로 살고자 하신, 서서평 선생님의 일대기를 그린 다큐멘터리 드라마였습니다.

서서평 선생님은 1912년 3월, 32세의 나이로 미국 남장로회 선교부 소속으로 조선에 파송되었습니다. 광주 제중원(지금의 광주기독병원 전신)에서 환자를 간호하고, 학생들을 교육하여 간호사를 길러내었습니다. 선생님은 병원에만 머물지 않고, 전라도와 제주도를 순회하면서, 아픈 사람들을 돌보았고, 가난한 여인들에게 한글을 가르치고, 성경을 깨닫게 했습니다. 이 과정에서 이름도 없이 존중받지 못하는 이 땅의 여인들과, 일제의 폭압에 시달리는 조선인의 고통에 가슴 아파했습니다. 선생님은 한국 최초의 여성신학교인 이일학교(한일장신대의 전신)를 세워 여성들을 교육하였으며, 1923년 현 대한간호협회의 전신인 조선간호부회를 설립하기도 했습니다. 선생님은 세브란스 병원에서 잠시 근무하기도 했었고, 세브란스 병원 출신의 간호사들과 협력하여, 조선간호부회를 세계 간호사협회에 등록하려 애쓰기도 했습니다. 선교사님은 수양딸 13명과 나환자의 아들 1명 등, 한국의 고아들을 입양해 친자식처럼 길러내기도 했습니다. 1933년에는 일제총독부를 압박하여, 나환자들을 위한 삶의 터전을 마련하기도 했는데, 바로 소록도 한센병 환자 요양시설과 병원이 여기에서 시작된 것입니다.

1934년 6월 서서평 선교사님은 과로와 영양실조, 폐렴 등으로 하나님의 품으로 돌아갔습니다. 광주에서 시민사회장으로 장례를 치렀는데, 수천의 광주 시민들과 나환자들이 마지막 가시는 길을 따르며, "어머니"라 울부짖으며 오열했다고 합니다. 그 광경이 눈에 선합니다. 그분이 유품으로 남긴 것은 이미 반을 잘라 거지에게

쥐버린 담요 반쪽, 강냉이 2홉, 동전 7전이 전부였습니다. 그 가냘픈 육체도 유언에 따라 의학 연구용으로 기증되었습니다. 영화를 보면, 선생님은 그저 조선을 사랑하여, 거저 모든 것을 내어준, 꽁보리밥에 된장국, 낡은 고무신에 남루한 한복으로 상징되는, 순수한 한국인 그 자체였습니다.

서서평 선교사님의 침대맡에 이런 좌우명이 걸려있었다고 합니다.

"Not success, But service", "성공이 아니라, 섬김"
나는 이렇게 해석하고 싶습니다.

"진정한 성공은 섬김 그 자체에 있다."
이분을 생각하면, 예수를 섬긴다는 내가 한없이 부끄럽습니다. 그리 멀지 않았던 시절, 척박한 이 땅에 오셔서 몸과 마음과 영혼을 다해 우리를 섬겨주신, 하나님의 아름답고 착한 종들께 깊은 감사를 드립니다.

내일 토요일, 양화진 외국인 선교사 묘역에 가려고 합니다. 가끔 소주 한 병 들고 훌쩍 다녀오곤 했는데, 내일은 좋은 와인 한 병과 치즈를 가지고 찾아뵈려 합니다. 그분들이 잠시 고향의 맛과 향기를 느껴보셨으면 하는 작은 바람입니다. 고맙고 또 고맙습니다.

서서평, 1880-1934

검정 고무신
남루한 한복

고아의 엄마
과부의 친구
걸인의 수호자
나환자의 섬김이

척박한 시대
조선에 보내진
하나님의 종
엘리자베스 요한나 쉐핑

주검마저
기증하고 떠난 그녀

남겨진 것은
담요 반쪽, 강냉이 두 홉, 동전 일곱 전

그 속에 숨겨진
위대한 사랑
원대한 밀알
놀라운 섭리

>

Not success But service

가슴 속에 단단히 붙들어 매어야 하리

예수를 섬긴다는 부끄러운 우리

27 삶, 살아낸다는 것

　　언제인가, 아마도 나이 쉰을 조금 넘긴 무렵, 내 인생의 모든 것을 다시 한번 재정비해야겠다는 생각을 하기 시작했습니다. 병원경영진단과 적정진료실 업무를 통해 배운, Lean 식스 시그마(Six Sigma)와 RCA(Root cause Analysis)로 불리는 근본원인분석을 통해서 말입니다.

　　Lean 방법은 일본의 자동차 회사인 토요타가 만든 시스템으로, 생산 과정에서 낭비를 줄여 손실을 최소화하고자 하는데, 그 목적이 있습니다. 식스 시그마는 통계적 의미에서 표준편차를 뜻하는데, 100만 개의 제품이나 서비스 중 단 3, 4개의 불량만을 허용하는 것 즉, 품질혁신을 목표로 하는, 미국 모토로라에서 개발한 경영기법입니다. 제네럴 일렉트릭(GE)이 이 두 가지를 통합하여 만든 혁신경영법이 바로 Lean 식스 시그마입니다. Lean 식스 시그마는 '시간의 효율화'라는 개념을 도입하여, 프로세스상에서 일어나는 모든 비효율적인 요소인 낭비와 불량을 줄여, 생산 및 유통 시간을 단축하고, 결과적으로 비용 절감과 고객 만족을 성취하는데, 그 목적이 있습니다.

　　우선 정신없이 바쁘고, 사람을 지치게 만드는, 나의 하루 일과 시간을 분석해 보았습니다. 꼭 해야 하는 중요한 일과 그렇지 않은 일들을 나누어 보았습니다. 다시 이를 1주일, 한 달, 1년 단위로 분석했습니다. 그 결과, 헛되게 보내는 시간이 적지 않았습니다. 대표적인 예를 들면, 쓸데없는 인터넷 탐방이나, SNS 탐닉 등이었습니다. 일단 인터넷, SNS, 전자 메일 사용 시간을 줄였습니다. 그리 중요하지 않은 술

자리 및 사교 모임을 줄였습니다. 학회 및 단체, 학교 및 병원, 개인적 모임 등에서 총 12자리나 되는 총무와 대표 자리를 가지고 있었는데, 하나씩 다 줄여나갔습니다. 나중에는 병원 보직도 내려놓았습니다. 자유로운 시간이 조금씩 늘어났습니다. 천천히 생각하고 행동하는 등, 일상의 소소한 여유도 많아졌습니다. 새로운 계획들을 세웠습니다. 우선 책 읽을 시간을 늘렸습니다. 하루의 일정 부분을 시를 포함한 글을 쓰는 시간으로 배정하였습니다. 학원에서 중국어 공부를 시작하였습니다. 배우고 싶었던 재즈 드럼도 시작했습니다. 아내와 아이들과 같이하는 시간을 더 많이 가지려고 노력했습니다. 새벽에 혼자 시를 낭송하고, 명상하는 사유의 시간을 가능한 한 지켰습니다. 내 인생에서 기름기와 욕심 덩어리가 조금씩 빠져나감을 느꼈습니다. 몸과 마음이 가벼워졌습니다. 불안이나, 초조, 긴장 따위는 점점 멀어져 갔습니다. 마음에 평화와 고요가 찾아오니, 몸이 더욱 건강하고, 평안해졌습니다.

Lean 식스 시그마

군더더기 없이
날렵하게 작성된
가치흐름도
내 삶의 오디세이

'나'라는 고객에게
적용해 본 린 식스 시그마

참 쓸데없는 일을 많이 하고 있었구나
고객은 진정 무엇을 원하고 있는가
그 사실을 잊고 있었구나

고객님 미안합니다

나에게
'나'의 삶을
맡겨 주셨는데

그 짐을 가볍게
그 삶을 풍성하게
해 드리지 못했네요
지금까지

주위에서 적지 않은 나이가 들었는데도, 처신과 행동거지를 잘못하여, 자신과 가족에게 돌이킬 수 없는 치명적인 해를 끼친, 사회 명사들의 이야기를 가끔 듣습니다. 지금까지의 그들의 노력과 명성을 생각해보면, 참으로 안타깝습니다. 이것은 아마도 자신들의 현 상황을 깊이 살펴보고, 빗나간 부분에 대하여, 근본적인 원인분석을 하지 않았기 때문일 겁니다. 처음 물이 졸졸 새는 둑을 '괜찮겠지' 하고, 그냥 방치했기 때문이지요. 녹이 조금 슨 철판에 녹을 닦아내지도, 도장도 하지 않고, 설마 하고 무시해버렸기 때문이지요.

병원에서의 오류나 사고는 환자의 사망이나 손상과 같은 매우 심각한 결과를 초래할 수 있습니다. 이 끔찍한 결과들은 잠재하고 있던, 눈에 보이지 않았던 사소한 여러 가지 요인들이 연쇄적으로 작동되어 발생하는 경우가 많습니다. 이러한 오류가 발생할 수 있는 시스템의 잠재적인 취약점을 예리하게 분석하여, 그 근본 원인을 미리 찾아내어 교정하여, 비극적인 결과들이 생기지 않도록 하는 경영기법이 근본원인분석입니다. 조직 구성원 개개인에 대한 비난은 금물입니다. 그러면, 답이 나오지 않습니다. 왜 이런 문제가 생길 수밖에 없었을까? 그 근본 원인은 무엇일까? 이를 교정할 방법이나 대안은? 머리를 맞대고 '왜'와 '어떻게'를 고민하다 보면, 분명 해결책을 찾을 수 있습니다.

이 기법을 개인 또는 부부 생활에 적용해 볼 수 있습니다. 부부관계에서 심각한 불화가 있어, 이혼을 생각하고 있는 부부가 있다고 칩시다. 불화의 원인은 경제적 문제, 건강의 문제, 고부 갈등의 문제, 불륜을 포함한 성적인 문제, 종교적 문제, 자녀 양육의 문제 등 많이 있을 겁니다. 하나같이 쉽게 원인분석을 하고, 대안을 찾을 수 있는 문제가 아닙니다. 일단 부부가 무릎을 맞대고 앉아야 합니다. 허심탄회하게 진지한 대화를 나누어야 합니다. 이것이 시작입니다. 많은 경우, 전문가의 분석과 조언이 필요합니다. 주위를 찾아보면, 이를 위한 상담 교실이 적지 않으니, 도움을 청하는 것도 괜찮습니다. 물론 여기에는 변하지 않는 원칙이 하나 있습니다. 서로 비난하거나, 책임을 떠넘기는 말과 행위는 절대 하지 않아야 합니다. 서로에 대한 존중과 배려가 매우 중요합니다. 부부 생활에서의 근본원인분석이 완성되고, 대안대로 실천되면, 개인 생활의 근본원인분석은 거의 저절로 완성됩니다. 나의 경험을 반추해보면요.

어떤 조직이나 개인이라도 스스로의 존재와 그 사이에 얽히고설킨 관계가 영원히 무탈하기는 참으로 어렵습니다. 그것이 바로 우리와 우리가 살고있는 세계의 한계입니다. 이를 인정하고, 문제점을 발견해 내고, 그것을 바탕으로 하여 변화를 모색하는 지혜가 때때로 필요합니다. 단, 한 번만 허락된 지상의 귀한 삶이니까요. 힘내세요. 우리는 결코 혼자가 아니랍니다.

근본원인분석

지금껏 큰 탈 없이
살아왔다는 것은
감사하고 또 감사해야 할 일
그러나 단 한 번도 근본원인분석을
하지 않았다는 뜻

실패유형을 유추해보고
그 영향을 분석해보는
이제는
인생을 재정비해야 할 시간

걸어가야 할 남은 길에
어떤 위험이
도사리고 있는지
심각성은 어떠한지
발생 가능성은 얼마이며
도대체 알아차릴 수는 있는 건지

우선순위를 따져보고
삶을 다시 설계하고 계획해야 할 시간
꼼꼼하게 찬찬히

28 아하, 그렇군요

시인이 일반인과 가장 크게 다른 점이 무엇인가요? 직원 강의에서 받은 질문입니다. 공감할 수 있는 능력이라 생각됩니다. 사물이나 대상의 마음에 들어가 그 속에 있는 마음을 읽어내어, 은유와 비유 그리고 상징을 통해, 운율이 있는 언어로 표기한 것이 시니까요. 시인이 나 아닌 누군가의 마음을 읽어내는 능력. 그것이 공감이니까요. 물론 뛰어난 감성과 그 감성을 적절히 다루고 조율하는 감성 지능(EQ)도 반드시 있어야 하겠지요.

마취 의사가 가져야 할 가장 중요한 덕목은 무엇인가요? 제자 강의 후, 수술장에서 받은 질문입니다. 당연히 공감입니다. 수술을 받기 위해 수술장으로 들어온 환자의 마음에 들어가 그들이 가지고 있는 공포와 불안을 알아차리고 이해하며, 따스하게 소통하고 반응해야 하는 의사가 마취 의사이니까요. 의사가 환자 마음을 읽어내는 능력. 그것이 공감이니까요. 물론 어느 정도의 감성과 감성 지능도 반드시 있어야 하겠죠.

미러 뉴론(mirror neuron)이라고 있습니다. 이 뉴론 덕분에 아기들은 태어나면서 엄마, 아빠를 따라 흉내를 낼 수 있으며, 옹알이부터 시작하여 말을 배웁니다. 이 뉴론 덕분에 우리는 영화나 드라마를 보면서 눈물을 흘리기도 하고, 웃기도 하고, 잠시나마 그 배우와 하나가 되기도 하고 연인이 되기도 합니다. 미러 뉴론은 1990년대 이탈리아의 신경심리학자인 자코모 리촐라티가 짧은꼬리원숭이 실험에서 최초로 발견하였습니다. 인간에게서는 전두엽 전운동피질 아래쪽과 두정엽 아래쪽, 측두엽의 일부에 있는 것으로 알려져 있는데, 서로 밀접하게 의사소통을 주고받아, 다른 대상의 행동, 표정, 감정 등을 인지하고 거기에 상응한 반응을 한다고 합니다. 타인의 마음을 읽어, 자신의 마음으로 내면화하는 것이지요. 한마디로, 공감과 관련이 있는 뉴론이지요. 아마도 이 뉴론이 있었기에 사람이 사회, 문화적인 존재인 호모 사피엔스로 진화할 수 있지 않았을까 생각해봅니다.

미러 뉴론

아프니
나도 아파와

슬프니
나도 슬퍼져

기쁘니
나도 기뻐

행복하니
나도 행복해

내 속의 거울을 말끔하게 닦아둘게
언제든지 네가 비추어 볼 수 있게
언제나 네 마음을 알아볼 수 있게

상호작용 이론이라고 있습니다. 이름 그대로, 사회적 상호작용을 통해서 한 개인이 타인을 이해하고, 성장해 가는 과정에 관한 이론입니다. 다시 말하면, 한 개인은 타인을 모방하고, 공명하며, 이해하는 과정에서, 자신만의 의미를 찾아낼 수 있고, 결국 진정한 자신을 만들어 낼 수 있다는 것이죠. 결코, 완전히 홀로 성장할 수는 없습니다. 개인적으로 이는 우주 만물 모든 것에게도 적용되는 원리라 생각됩니다. 마치 태양과 지구, 달의 인력이 서로를 끌어당기고, 밀 듯 말입니다. 분자나 원자의 세계도 아마 다르지 않을 것입니다.

마취 의사는 만나고 고려해야 할 상대가 참 많습니다. 일단 마취할 환자가 있겠지요. 환자 및 가족과 나 사이, 환자의 몸과 불안하고 초조한 마음 사이, 환자 몸 상태와 마취 약물 사이 또 이들과 수술 범위 및 위험도 사이, 환자가 복용하고 있는 약물과 마취 약물 사이 등. 수술하는 외과 의사와 컨설팅을 하는 내과 의사와도 같이 일을 해야 합니다. 대부분 화기애애한 관계이지만, 간혹 주치의임과 자존심을 내세워 불편할 때도 있습니다. 이럴 때는 허심탄회하게 터놓고 대화하고 서로 이해하고 공감하여, 환자에게 불이익이 가지 않도록 해야 하겠죠. 드물게는 병원 당국이나 보험 당국과도 상대해야 합니다. 보험 적용이 되지 않는 약물이나 시술을 해야 할 때도 있고, 간혹 삭감도 당하기 때문이죠. 하늘과도 잘 지내야 합니다. 아주 급할 때는 가끔 눈을 감고, 하나님을 찾기도 하니까요. 이 모든 것이 아슬아슬, 마술처럼 연결되어있는 것 같지 않으세요? 섞어놓고 보면 혼돈 그 자체이나, 분명 나름대로 질서가 있으니, 마취 의사는 오묘하고 정교한 밀당도 잘해야 합니다. 그렇게 놓고 보니, 마취는 하늘이 내린 참 신비한 학문입니다.

>
지푸라기라도 잡고 싶은 저 심정
힘들어도 귀담아듣자
아픈 것도 서러운데 서로 다 아는,
나이 탓은 하지 말자

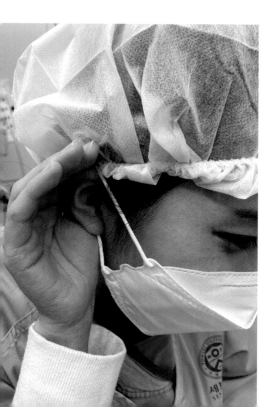

내 딸은 십 년 넘게 긴장성 두통으로 고생하고 있습니다. 대신 아파주지 못하여 늘 마음이 아프고 안타깝습니다. 아마도 외고 시절 때의 극심한 경쟁과 입시 공부로 인한 스트레스와 정신적인 긴장이 그 원인인 것 같습니다. 나도 고등학교 때 간간이 찾아오는 두통으로 고생한 적이 있거든요. 이렇게 긴장이 장시간 계속되면, 목이나 어깨 근육의 지속적인 수축이 일어납니다. 시간이 지나, 정신적인 스트레스와 긴장이 해소되어도, 어깨와 목 근육의 긴장으로 인한 압통이 지속되며, 간혹 압박하는 듯이 단단히 조여오는 격심한 두통을 겪게 됩니다. 신경과와 정신과에서 약물치료를 받았습니다. 통증클리닉에서 성상신경절 블록 시술과 통증 유발점 주사 시술도 받았습니다. 효과는 일시적이었습니다. 뒤통수 신경 차단술을 받았고, 엑스레이 하에서 두 번째 목 신경절 차단술도 받았습니다. 많이 좋아졌으나, 가끔 머리가 아프다고 침대나 소파에 누워있을 때가 있습니다. 한번은 마음에도 없는 말로 딸의 가슴을 할퀴었던 적도 있습니다. 통증에 지지 말고 이겨보라고. 무심히 내어 뱉고 돌아서 보니, 그 옛날 원인 모를 허리통증으로 고생하던 나에게 통증과 친구삼아 지내보라던, 무정한 선생님 생각이 났습니다. 나도 모르게 소스라치게 놀라, 서재 벽에 머리를 찧었습니다. 쿵쿵.

정말 미안하다. 사랑하는 딸. 하루빨리 그 두통으로부터 벗어나기를. 엄마, 아빠가 힘써 도울게. 힘내자. 우리.

외면

아빠
머리가 너무 아파요
십 년도 더 된 긴장성 두통
이유가 뭔지 원인이 뭔지
약도 시술도 일시적

통증에 지지 말고
맞붙어 봐
이겨낼 생각을 해야지
선명한 통각 속을 파고드는
날이 선 무정한 할큄

그러고 싶은데 나도
결국 터져 나오는
설움의 복받침

가운 속 애비는 딸의 고통을 진정 모르나 보다

벽 속의 벽에 갇힌 의사
여백이 모자란 애비
타성에 절은 옹졸한 나

30 가르치는 일

가르치고 배우는 관계보다 아름다운 관계가 있을까요? 선생과 제자 사이. 선배와 후배 사이. 예수님과 그 제자들이 그리하였고, 공자님과 그 제자들이 또한 그러합니다. 무덤에서 나오신 예수께서 제일 먼저 하신 것은 엠마오로 가는 길에, 제자들과 같이 걸으며 마음을 열어 성경을 깨닫게 하신 것입니다. 공자님은 제자들과 함께 천하를 주유하면서, 공부와 공부한 것의 실천, 즉 학행결합學行結合을 몸소 실천하고, 깨닫게 했습니다. 위대한 스승이 계셨기에, 그 제자들이 위대한 스승이 될 수 있었고, 이러한 가르침과 배움의 끊임없는 선순환이 오늘날 인류 문명의 기반이 되었습니다.

깨달음. 참 어렵습니다. 모든 분야의 임상의학은 탄탄한 기초의학 지식이 필요합니다. 마취학은 특히 더욱 그러합니다. 해부학, 생리학, 약리학, 병리학 등 기초의학 지식이 부족하면, 공부에 분명한 한계가 있습니다. 단순히 암기만 하면 되는 것이 아니라, 왜 이렇게 되는지 그 개념을 이해해야 합니다. 튼튼한 기초의학 지식 위에서, 계속 탐구하고, 답을 찾는 과정이 바로 연구로 이어지고, 그것이 새로운 지식을 만드는 것이지요. 이것이 바로 대학병원의 사명이거든요. 물론 그런 친구들이 마취를 더 잘합니다. 책 한 줄을 읽더라도 깊이 생각을 하면서 읽고, 환자를 마취할 때도 생각을 하면서 하거든요. 선생의 진정한 역할은 제자가 깨달을 수 있도록 팁을 주고, 가이드를 하는 것이라고 생각합니다. 공부는 자신들이 스스로 평생을 통하여 해야 하는 것이죠.

나는 질문이 없는 컨퍼런스를 좋아하지 않습니다. 제자들에게 제발 질문들을 좀 하라고 다그칩니다. 그래야 교수들도 공부를 하고, 서로 발전이 있죠. 질문이 없으면, 내가 질문합니다. 대부분 대답을 머뭇거립니다. 실망하여 야단도 칩니다. 부교수 때까지 그렇게 해 왔습니다. 가르치고자 하는 열정이 지나쳤나 봅니다. 나를 가르치신 원로교수 한 분이 좀 살살하라고 그러셨지요. 그 말씀을 듣고 문득 깨달았습니다. '나 때문에 주눅이 들어 더 질문을 안 하는 것은 아닌가? 하나같이 똑똑한 친구들인데, 나로 하여 상처받는 것은 아닌가?' 의구심이 들었습니다. 그 이후로는 그렇게 하지 않습니다. 가능한 칭찬을 하려 노력합니다. 격려합니다. 전공의 시절 내가 이해하기 어려웠던 부분을 풀어서 설명해 줍니다. 이 나이가 되어서야 철이 들기 시작하나 봅니다. 비로소 진정한 의미의 선생이 되어가나 봅니다.

제자들에게

이제 갓 시작한
새내기 마취 의사들을 위하여
두 달여 준비한 실기 세미나

토요일의 휴식도 반납한
젊은 교수들의 열정
교실을 뜨겁게 달군다

저들이 내 제자라 생각하니
마음 뿌듯하고 자랑스럽다

언젠가는 이 새내기들도
교실을 이끌 기둥이 되리라
마음이 금새 뜨거워진다

사랑하는 나의 제자들아
힘들고 기나긴 길임을
잘 알고 있다

그래도 싹을 틔워야 한다
가슴을 탁 열어야 한다

언젠가는 봄바람 속에 꽃이 필 것이며

가을날 탐스런 열매를 맺을 것이다

잊으면 안돼
우리는 생명을 살아있게 하는 마취 의사이다

그것은
아담을 잠재우신
하늘로부터 받은 숭고한 사명이다

태움이라는 단어를 들어보셨을 겁니다. 태움은 '영혼이 재가 될 때까지 태운다'는 의미가 담긴, 병원 내 선배 간호사가 후배 간호사를 교육하는 과정에서 일어나는 정신적, 육체적 괴롭힘이나 따돌림 등의 잘못된 관행을 뜻하는 것입니다. 최근 몇 년 동안, 여러 명의 간호사가 이로 인하여, 극단적인 선택을 하여, 큰 사회적인 이슈가 되었습니다. 많이 개선되었다고 하나, 아직 이 문제에서 자유로운 병원은 없습니다. 부족한 간호 인력과 간호사의 과도한 업무, 경력직 간호사의 잦은 퇴직으로 인한 신규 간호사 충원, 생명을 다루는 긴박한 병원 상황 등의, 심층적인 문제들이 그 바탕에 깔려있기 때문입니다. 따라서 이것은 단순히 개인별 교육 및 조직문화 개선만으로 해결될 수 있는 것이 아닙니다. 인권 차원에서 간호사의 노동조건 개선과 업무량 정비, 적정 간호 인력 확보, 간호 학생 및 신규 간호사를 위한 간호 교육 제도의 획기적인 혁신이 선행되어야 해결될 수 있습니다. 국가에서도 간호 인력 및 업무와 관련하여, 충분한 건강보험 수가 지원을 하여야 합니다. 국가와 병원과 간호계의 각성을 촉구합니다. 유명을 달리한 젊은 청춘들에게, 부끄럽고 슬픈 마음으로, 진심 어린 애도를 표합니다.

전치태반으로 제왕절개가 필요한 산모를 마취했습니다. 태반유착이 그리 심하지 않은 것 같아, 수술과 동시에 수액이 들어갈 정맥로 하나를 더 확보하였습니다. 배를 열고, 자궁을 열어, 정상적으로 아기를 꺼내었습니다. 이제 태반이 나올 차례입니다. 태반이 자궁벽에서 잘 떨어지지 않았습니다. 한참을 씨름합니다. 자궁벽이 찢어지면서, 출혈이 시작되었습니다. 피가 튑니다. 마치 수도꼭지에서 물이 나오는 듯합니다. 순간 환자의 혈압이 잡히지 않을 만큼 떨어집니다. 응급 벨을 누릅니다. 산과 의사에게 자궁과 동맥을 손으로 누르고 있으라고 요청합니다. 내경정맥 속으로 굵은 도관을 넣습니다. 요골동맥 속으로 가는 도관을 넣습니다. 수축기 혈압이 겨우 60mmHg 정도입니다. 수액을 쏟아붓습니다. 승압제를 점점 더 높입니다. 그 사이 피가 도착하여 역시 쏟아붓습니다. 다시 태반을 뜯어내어 보지만, 실패합니다. 결국, 태반과 함께 자궁을 들어내기로 합니다. 자궁 적출 수술에 능한 부인과 의사들이 도착합니다. 두어 시간, 전쟁터가 따로 없습니다. 산모 몸에서 자기 혈액량의 다섯 배가 훨씬 넘는 피가 빠져나갔습니다. 산모는 수술 후 중환자실로 옮겨졌습니다. 사흘 후, 특별한 문제 없이 병실로 올라갔습니다. 그렇게 피를 흘리고도 살아 준 산모가 참 고맙습니다.

전치태반

배를 갈라 아기를 꺼내었다
태반이 떨어지지 않아 손으로 뜯어낸다

피가 튄다
콸콸 수도꼭지에서 피가 쏟아진다

심장박동이 희미해진다
혈압이 잡히지 않는다

자궁 누르고 있어
동맥 누르고 있어

피를 쏟아붓는다
물을 쏟아붓는다
약을 쏟아붓는다
결국 자궁을 잘라내고서야 모든 것이 제자리를 찾는다

출혈 일만 천 밀리리터
피의 바다를 건너 살아 돌아온 환자가 고맙다

온몸이 땀범벅이다
온몸이 피 칠갑이다

이것이 마취다

명의

많은 수의 환자를 보거나
수술을 엄청 많이 하거나
돈을 잘 벌거나
큰 대학병원의 높은 자리에 있거나
언론에 나와 말씀을 잘하는 의사가 아니라

환자 말에 귀 기울이고
그 고통에 공감하며
겸손한 마음으로 인술을 행하는 의사이다

병은 하늘이 치유하는 것을 아는 의사
그가 곧 명의이다

한국에서 대학병원 교수와 의사로 살기가 생각보다 그렇게 만만하지 않습니다. 환자 진료는 물론, 학생 및 전공의 교육, 연구, 행정, 학회 활동 등 참으로 해야 할 것들이 많습니다. 어떻게 이 모든 것을 제대로 다 할 수 있을까요? 정교수인데도, 수면할 수 있는 시간이 하루 5시간 정도였던, 내 경험을 돌이켜보면, 절대 가능하지 않습니다. 그것을 모두 해낼 수 있다면, 철인이거나, 가정과 개인 생활을 모두 포기한 경우일 것입니다. 그래서 쉰이 넘으면서, 나는 몇 가지를 포기했습니다. 일단 환자를 열심히 보자. 여력이 남으면, 가르침에 열중하자. 다른 것 때문에 환자에게 소홀히 하지 말자.

얼마 전에 후배 교수 한 분이 나를 찾아왔습니다. 자기는 사막에 갇혀 있는 것 같다고. 마치 진흙 수렁에 빠져 어떻게 해 볼 도리가 없다고. 해도 해도 끝이 없을 것 같다고. 자기 목숨을 갉아 먹고 있는 것 같다고. 생활이 없는 것 같다고. 이혼을 앞두고 있다고. 무슨 말을 할 수 있을까요? 우리도 참 잘하고 싶어요. 친절하게, 열심히, 정성을 다하여. 미국이나 유럽의 대학병원 교수들처럼. 참 어렵네요. 요구는 많고, 여건은 받쳐주지 않으니. 이 늦은 시각까지, 오늘 내가 한 마취가 10건이 넘네요.

마태복음 7장 12절처럼 그렇게만 하려 합니다.

"그러므로 무엇이든지 남에게 대접을 받고자 하는 대로 너희도 남을 대접하라. 이것이 율법이요 선지자니라."

환자를 대할 때

네 몸과 마음과 정성을 다해
네 하나님께 하듯 하라

그것이 선뜻 다가오지 않는다면
그냥 네 이웃에게 하듯 하라

그것 또한 어렵다면
네 가족에게 하듯 하라

이 또한 만만치 않다면
네가 환자로서 대접받고 싶은 그대로 하라

34 기도의 힘

언제부터인가 마취하기 전에, 환자의 손을 잡고 짧은 기도를 올리는 것이 전혀 어색하지 않게 되었습니다.

"하늘에 계신 우리 아버지. 환자 ○○○님이 수술을 받으러 오셨습니다. 몸과 마음이 많이 불안하고 힘이 듭니다. 이 수술의 처음부터 끝까지 함께 하시어, 무사히 수술이 잘 끝나고 빨리 회복되어서, 일상으로 돌아가 착하고 아름답게 살 수 있도록 지켜주시고 도와주시옵기를, 주 예수님의 이름으로 기도드립니다."

처음에는 참 계면쩍어서 주저주저했습니다. 믿음이 그리 깊지 않았기 때문이었겠죠. 부끄러워 얼굴이 빨개지기도 했고, 기도하는 목소리도 잘 나오지 않았습니다. 사십 대의 어린(?) 나이라 순진한 면이 남아있었나 봐요. 마취 전에 기도를 하기 시작한 지 얼마 되지 않았을 때의 일입니다. 눈을 꼬옥 감은 채, 수술대에 누운 중년의 남자 환자가 어딘가 불안해 보였습니다. 호흡이 가쁜 듯이, 깊이 들이쉬고 내쉬기를 반복했습니다. 잔뜩 긴장하고 있다는 것이지요.

"많이 불안하시죠? 여기 들어오면 누구나 다 그래요. 혹 교회 다니시나요? 제가 기도해 드릴게요."
"제가 목사인데……, 그래도 무척 긴장이 되네요. 기도 부탁드립니다."
"예? 아이고 죄송합니다."

잠깐 당황했습니다. 재차 기도 부탁하시는 목사님의 손을 잡고 기도를 하였습니다. 이번에는 내가 바짝 얼었습니다. 그 짧은 시간 동안 땀을 뻘뻘 흘렸습니다. 물론 지금은 너무나 뻔뻔스레 기도가 술술 잘 나옵니다. 내가 기도해 드린 분 중에는, 몇 명의 목사님과 전도사님도 계셨습니다.

사실 내 기도의 목적은 수술장에 들어온 환자들의 불안을 감소시키기 위함이었습니다. 어느 날 가만히 생각해보니, 기도할 시간이 너무나 짧으니, 환자들과 잠깐 의료외적인 이야기를 나눌 수 있다면, 그 효과가 배가 될 듯했습니다. 그 생각이 맞았습니다. 산모들에게는 먼저 태어난 아이들의 소식을 물어보았고, 지금 태어날 아이의 태몽이랑 출산준비에 대해 물어봅니다. 어르신들에게는 주로 어떤 운동을 하시냐고, 내 손을 꼭 잡아보시라고 하고, 나보다 더 건강하신 것 같다고, 수술하고 나면, 오래오래 장수하실 것이라고 격려를 해 드립니다. 장기 기증자에게는 누구에게 주냐고 사연을 에둘러 물어보고, 복 받을 것이라고 칭찬도 아끼지 않습니다. 젊은 이들에게는 가끔 농담도 주고받습니다. 잘 생겼다, 미인이시네요 등.

가끔 '내가 오버하고 있는 것 아닌가?'라는 생각이 들 때가 있습니다. 그래도 그냥 하렵니다. 생면부지의 누군가가, 불안의 늪 속에 갇혀 있는 나에게 말을 걸어준다면. 홀로 누운 차가운 수술대에서, 누군가가 나의 손을 잡고 기도를 해준다면. 잠깐이나마, 나의 마음 위에 모르는 이의 마음이 포근하게 덮여 온다면. 조금은 위로가 될 듯도 하니까요.

기도

환자 마취하기 전
그 손을 잡고
기도를 드린다

그러던 어느 날
환자 목소리 들어주면 어떨까
궁금한 것도 있고
두렵기도 할텐데

혹
진정한 기도는
귀 기울이는 것이 아닐까
헤아림이 아닐까

늘 바쁜 하나님 대신에
그 목소리에 귀를 쫑긋해야 하는 것이 아닐까

앞으로
기도할 때는
말을 줄이고 귀를 활짝 열어야겠다

우리 자랑 김 교수님

대단히 바쁜 교육, 연구, 진료, 행정 일정을 할애해서 이번에 출간하신 '착하고 아름다운' 시집을 받고, 너무 감명 깊게 읽었어요. 새로운 시대를 맞아서, 감동적이고 직관적인 지도력이 필요한 의료분야, 특히 가장 절박하고 절실한 순간에 생명을 구하면서 경험하신 내용은, 모든 이들에게 마음의 치유를 선사할 것입니다. 이 늙은 사람이, 강의 때마다 마취과학의 중요성과 병원 운영에 중심이라는 말을 해준 생각을 떠올립니다. 다시 한번 감사합니다.

노스승 김병수 올림

고대 그리스에서는 암(cancer)을 '게'를 뜻하는 Karninos라 불렀다고 합니다. 아마도 종양 덩어리에서 게 껍질의 단단함과 딱딱함을 느꼈는지 모릅니다. 또 하나는 Oncos라 불렀는데, 이는 짐 혹은 부담을 뜻합니다. 그때나 지금이나 암은 인간의 등짝 위에 놓여진 딱딱한 짐 같은 존재입니다.

한때 암은 세포 자체의 질병으로 인식되었습니다. 요즘은 유전자 돌연변이로 인한, 세포의 비정상적인 증식으로 설명합니다. 우선 종양 유전자가 활성화되어 세포가 과도하게 증식하려는 충동이 생깁니다. 세포의 이상 분열과 증식을 억제하는 종양 억제 유전자가 불활성화됩니다. 이 두 유전자의 활성과 불활성화는 세포의 신호 전달 체계를 왜곡시켜 문제를 일으키기 시작합니다. 정상적으로 세포가 죽는 과정(apoptosis)이 방해됩니다. 특수한 유전자 경로가 활성화되어, 끝없는 복제가 시작됩니다. 종양이 혈관을 생성하는 능력을 가지게 되어 더욱 성장합니다. 다른 조직과 기관으로 침투하는 무시무시한 힘과 권력을 획득하여, 결국 온몸으로 전이가 됩니다.

현재까지 전 세계는 엄청난 돈을 퍼부어 연구를 해왔습니다. 그 결과, 많은 종류의 항암제가 있습니다만, 아직도 완벽한 치료제는 없습니다. 같은 암이라도 개인마다 효과가 다릅니다. 그래서 특정 유전자와 그 발현체를 타깃으로 하는 등의 표적 치료 및 개인 맞춤 치료 등이 나오기도 했으나, 아직 갈 길은 멀기만 합니다. 과연 인간은 암을 이길 수 있을까? 완치가 가능할까? 그것은 헛된 꿈일까? 병원의 동료와 연구자의 이야기를 참고하자면, 회의적입니다. 마치 세균과 바이러스가 생존을 위해 진화하듯, 암도 진화를 거듭하고 있는 듯하니 말입니다. 당연히 암 환자는 더욱 더 늘고 있구요.

암

딱딱한 게 껍질 모순 덩어리
홀로 짊어진 힘겨운 짐 무게
왜곡되고 비틀어진 슬픈 자아
욕망 속에 포로되어 버린 나
미친 듯 일그러진 병든 유전체
죽음만이 멈출 수 있는 분열증
살아있는 존재의 확실한 증거

아! 덧없는 유혹 독극물 칵테일

'시드니 파버' 선생님은 1903년 뉴욕 버팔로에서, 가난한 폴란드 이민자의 아들로 태어났습니다. 고학으로 열심히 공부하여, 1923년 버팔로 대학을 졸업하였고, 독일로 건너가 의학을 전공한 다음, 보스턴의 하버드 의대로 옮기게 됩니다. 그 후 병리학을 전공하였고, 보스턴의 어린이 병원에서 병리 의사로 근무하게 됩니다. 혈액학에 조예가 깊은 파버 선생님은 1947년 백혈병에 관심을 가지게 됩니다. 이 당시, 백혈병은 치료할 약이 없었고, 또 수술을 할 수 있는 병도 아니어서 거의 방치가 되었던 질병이었습니다. 그는 이렇게 생각했습니다.

'정상 혈구의 형성 과정을 알아내면, 역으로 비정상적인 백혈구의 형성도 억제할 수 있을 것이다.'

1920년대 인도 뭄바이 지역에서 다수의 심한 빈혈 환자들이 발생했습니다. 당시 영국 의사인 '루시 윌스'는 빵에 발라먹는 효모 식품으로 이 빈혈을 치료할 수 있음을 발견했습니다. 그러나 그 식품의 어떤 성분이 치료 효과가 있는지는 찾아내지 못했습니다. 이 성분이 나중에 엽산(folic acid)으로 밝혀졌습니다. 엽산은 세포의 DNA 합성에 영향을 미치고, 따라서 세포의 분열과 성장에 필수적인 비타민이죠.

파버 선생님은 처음에 백혈병 아이들에게 엽산을 주면, 혈액이 정상으로 돌아올 것으로 생각했습니다. 그러나 몇 개월 후, 엽산이 백혈병의 진행을 가속(acceleration)시킨다는 것을 알아내었고, 이것은 곧 항엽산제(antifolate)를 투여하면, 백혈병의 진행을 막을 수 있거나, 치료를 할 수 있다는 추론으로 이어졌습니다. 1947년 12월 28일. 그의 옛친구로부터 받은 항엽산제인 아미노프테린(aminopterin)을 백혈병 아이들에게 투여하였습니다. 결과는 놀라웠습니다. 백혈구 암세포가 줄어들기 시작한 것이었습니다. 1948년 4월에 그 연구결과를 'New England Journal of Medicine'에 발표하였습니다. 선생님이 치료한 환자는 모두 16명이었는데, 그중 10명에서 증세가 좋아졌고, 어떤 환자는 진단을 받은 후, 6개월까지도 살아있었습니다. 이것이 바로 의학 역사에 한 획을 그은, 인간이 만든 물질, 항암제의 공식적인 시작이었습니다. 참고로 말씀드리면, 전쟁 도중 화학전 목적으로 개발된 머스터드가 1942년 림프종 치료에 처음으로 사용되었으나, 이것은 오랫동안 군사비밀로 가려져 있었습니다.

본래는

전자현미경으로 본
백혈구 암세포들
어찌 저리 끔찍할까

가시와 돌기
서로를 잡아먹을 저 기세

혼돈과 무질서
얼음처럼 차갑다

의사인 나도 섬뜩하다

본래는 온갖 악을 물리치던
용감하고 멋진 용사였으리

배려하고
존중하고
이야기 들어주고
손잡아 주고
눈물이 뭔지를 알며
따스하고 정다웠던
정의의 기사였으리

최근에 발표된, 2020년 국가암등록통계를 참고하면, 24만 8천 명 정도의 신규 암
환자가 발생하였습니다. 전체 암환자수는 약 170만 명 정도가 되었구요. 우리나라
국민이 기대수명인 83.5세까지 살게 될 경우, 암에 걸릴 가능성은 37%에 이를 것으
로 추산되었습니다. 암이 결코 멀리 있는 것이 아닙니다. 우리 주위를 조금만 둘러
보아도, 암과 치열하게 싸우고 있는 환자와 그 가족들을 어렵지 않게 볼 수 있습니
다. 그들은 영웅입니다. 그 힘들고 어려운 치료들을 견디어내며, 암과의 전쟁에서
선봉에서 싸우고 있으니까요. 그들의 용기에 찬사를 표합니다. 힘을 내시고, 결코
물러서지 마시기를. 나도 여러분들과 함께 최전방에서 싸우겠습니다.

"위인들의 모든 생애는 말해주느니
우리도 장엄한 삶을 이룰 수 있고
떠날 때는 시간의 모래 위에
우리 발자욱을 남길 수 있음을

아마도 훗날 다른 사람이
인생의 장엄한 바다를 건너가다
풍랑을 만나 절망에 허덕일 때
다시금 용기를 얻게 될 그 발자욱을"
― H.W. 롱펠로우의 '인생찬가' 중에서

항암치료

쓰레기봉투 사러
마트에 갔는데
립밤을 바르고 계신 사장님

많이 힘드셨나 봐요
아니예요
저는 가을만 되면 이렇게 입술이 터요

사모님하고 뽀뽀를 많이 하셨나
아이고 교수님도 참. 하하

맑은 가을볕이 웃고 있다
진한 키스를 저 깊은 하늘에 날린다

잘 이겨내시길
약물치료

36 생명

　제법 된 것 같네요. 자정 가까운 시간에 고향의 친구로부터 참으로 오랜만에 전화가 왔습니다. 이미 많이 취한 목소리입니다. 미치겠다고, 죽고 싶다고, 밑도 끝도 없는 하소연입니다. 가만히 들어만 주었습니다. 무슨 말을 해주어야 할지 진정 몰랐기 때문입니다. 친구와의 전화가 끝난 후, 잠을 이룰 수가 없었습니다. 냉장고에서 소주를 꺼냈습니다. 아파트 창문 밖으로 한 잔을 허공에 뿌렸습니다. 유명을 달리한 불쌍한 생명들을 위해서 말입니다. 또 한 잔을 뿌렸습니다. 마음이 상해서 얼굴을 묻고 혼자 울고 있을 가련한 내 친구를 위해서 말이죠. 병나발을 불었습니다. 어찌할 수 없이 서성이고만 있는 초라한 자신을 잊기 위해서. 이 이후로 고기를 잘 먹지 않았습니다. 이제는 먹어도 맛을 잘 모릅니다. 거의 비건이 되어버렸습니다.

　10년 전쯤 고향에 들렀을 때, 길에서 우연히 이 친구를 만났습니다. 고등학교 졸업 후, 처음 만난 것입니다. 고등학교 때 꽤 친하게 지냈습니다. 같은 반을 한 적도 있었지요. 가까운 식당으로 가서 함께 소주를 마셨습니다. 공무원으로 일을 한다고 했습니다. 서로의 안부를 물었습니다. 내가 마취 의사로 일을 한다고 하니, 근육이완제에 관해서 물어보더군요. 가축 안락사에 사용하는 석시닐콜린(succinylcholine)이 궁금했나 봅니다. 이 약을 주사해도 어떤 소나 돼지는 잘 죽지 않는다고. 이걸 어떻게 해야 하냐고. 그 당시 구제역과 조류독감이 전국적으로 유행했는데, 이 병에 걸린 가축들을 살처분하는 일을 담당한다고 했습니다. 일정한 반경 이내에 있는 병에 걸리지 않은 가축들도 예방적으로 죽인다고도 했습니다. 어떤 때는 비닐을 깐 구덩이에 포크레인으로 가축들을 몰아넣고, 그 위에 비닐을 덮은 후, 이산화탄소를 주입하여 질식시켜 죽인다고 합니다. 간혹 아직 죽지도 않은 아이들을 생매장할 때도 있다고 했습니다. 구덩이에서 뛰쳐나오려 하면, 포크레인으로 찍어누른다고도 했습니다. 그런 날은 정말 미칠 것 같다고 했습니다. 어린 마음의 이 친구가 어떻게 이런 일을 감당할 수 있을까? 의구심이 들었습니다. 그 이야기를 듣는 나도 가슴이 저려왔습니다.

2019년 일로 기억됩니다. 아프리카돼지열병(ASF)으로 강화도에 있는 모든 돼지가 살처분된 적이 있습니다. 이때 마지막 살처분된 아이는 애완용으로 기르던 돼지였습니다. 주인이 완강히 반대하자, 결국 행정대집행으로 살처분을 시켰다고 합니다. 결론적으로, 경제적인 이유이겠지요. 이렇게 인간의 삶이 잔인하고 무정합니다.

아마도 살처분에 관련된 공무원을 포함한, 적지 않은 수의 사람들이 악몽에 시달리고 있을 겁니다. 왜 그렇지 않겠습니까? 인간도 약하디약한 동물입니다. 보도에 따르면, 자살한 공무원도 여럿 있고, 외상후스트레스장애(PTSD)로 고생하는 이들도 꽤 된다고 합니다. 참 안타깝습니다. 공포 속에 죽어간 가축과 죽일 수밖에 없었던 상처 입은 인간들. 그들 모두의 영혼을 위해 기도합니다. 죽어간 가축들의 명복을 빕니다.

살처분

친구야
오늘도 많이 보냈다

흥건히 취한 목소리가
마음을 울린다

축산 공무원 내 동무

여기저기 울부짖는 소리
잠들지 못하고
소주만 홀짝인다 하네

너도 한 잔
나도 한 잔

미안타
미안타

그렇게 오늘도
눈물을 마신다 하네

2003년 미국 샌프란시스코에 있는 UCSF 병원으로 연수를 갔습니다. 실험실에서 몇 건의 통증 관련 연구를 진행하였습니다. 그중의 하나가 아편 내성에 관한 것이었는데, 나이에 따라 아편 내성이 어떻게 달라지는지 보는 연구였습니다.

생후 2주 된 흰쥐부터 1세가 된 흰쥐가 실험대상이었습니다. 매일 아침, 저녁으로 모르핀을 복강 속에 주사합니다. 주사 전과 후에 쥐를 약간 뜨거운 열판 위에 올려놓은 후, 발의 회피 반응을 조사합니다. 한 달 동안 실험실에서 키우면서 그 과정이 반복됩니다. 그 후 쥐를 죽여, 뇌를 적출한 다음, 아주 얇게 횡으로 잘라 표본을 만든 후, 여러 가지 부가적인 분자생물학적인 실험을 진행합니다.

1년 동안의 실험이 거의 끝나갈 무렵이었습니다. 생후 3주 된 흰쥐를 가지고 보충 실험을 할 때였습니다. 한 달이 다 지나고, 내일이면 쥐를 죽이고, 뇌를 꺼내야 합니다. 갑자기 그 쥐가 불쌍하고 가련하다는 생각이 들었습니다. 본과 1학년 때부터 해부학 교실에서 흰쥐를 가지고 실험을 해왔는데, 지금까지 죽인 실험동물들만 해도 대략 1000마리는 넘을 텐데, 단 한 번도 그런 생각을 해본 적이 없었습니다. 참 무정하지요. 의사인 내가 말이죠. 쥐를 케이지에서 꺼내 내 손바닥 위에 눕혔습니다. 한 달 가까이 그런 자세에서 모르핀 주사를 맞아와서 그런지, 잠깐 꿈틀대다가 자포자기하는 듯했습니다. 아이고 불쌍한 것. 다음 생애에는 꼭 사람으로 태어나거라. 쥐의 배를 살살 손가락으로 쓰다듬어 주었습니다. 가만히 있었습니다. 쥐의 옆구리를 간질였습니다. 어느 순간, 어라 "픽" 웃는 것 같았습니다. 깜짝 놀랐습니다. 한참을 그렇게, 울고 웃으며 그 아이와 놀았습니다. 그 뒤 동물을 죽이는 실험은 멈추었습니다. 그날 저녁, 한국 마트에 가서 소주 한 병을 사와 샌프란시스코 바다에 뿌리며 나에 의해 죽어간 동물들을 진혼했습니다. 진실로 미안한 마음으로 용서를 빌었습니다.

"부디 좋은 곳으로 갔기를."

2014년. 워싱턴 주립대학교 판크세프 교수의 동물 인지와 감정에 관련된, 일련의 연구에 대한 책을 읽을 기회가 있었습니다. 그 내용을 요약하면 대략 이렇습니다. 한 번도 고양이를 본 적이 없는 실험실의 쥐도 본능적으로 고양이를 무서워한다. 쥐도 놀이를 좋아한다. 그 놀이에는 그들만의 일정한 규칙이 있다. 초음파 분석기를 통해서 보면, 쥐도 분명히 웃는다. 쥐도 자기가 뭘 아는지, 모르는지 알고서 그에 따라 결정을 내리는 정신 능력인 메타인지(metacognition)를 가지고 있다. 쥐도 자기의 감정을 표현할 줄 알며, 저마다의 고유한 성격이 있다. 쥐도 이타적일 때가 있으며, 아무 관련이 없는 다른 쥐에게 도움을 주기도 한다. 인간이 느끼는 감정과 쥐의 감정이 정확히 일치하지는 않더라도 핵심은 같으며, 그 감정회로도 유사하다.

"쥐들아. 미안하고 미안하고, 고맙고 또 고맙다."

발견

곧 죽을
운명을 아는지

케이지 한구석에
잔뜩 웅크린 새끼 흰쥐 한 마리

측은하고
안타까워

옆구리를
간질이고

그래 그래
미안 미안
살살 달래주었더니

눈이 반짝
킥킥킥
금방 생기가 돈다

어! 어! 어!
쟤도 웃네

>
머리카락이 쭈뼛
등에 식은땀

그 뒤로 동물실험은 영원히 접었다

분명히 알았다
그들도 생각을 하고
감정이 있다는 것을

나와 다를 바 없다는 것을

초등학교 때 집에서 토끼와 염소를 키웠습니다. 학교가 끝나고 나면 들로 산으로, 여러 가지 풀들과 토끼가 좋아하는 왕고들빼기, 씀바귀, 사랑부리, 질경이, 클로버(토끼풀) 등을 베러 다녔습니다. 그때 작은 가시가 총총하게 달린 줄기를 가진 풀에 맨살이 스치면, 여지없이 살갗에 손톱으로 긁은 듯한 상처가 생겼습니다. 참 쓰리고 아팠습니다. 그럴 때는 낫을 휘둘러 이름도 모르는 그 풀을 갈기갈기 찢어 놓곤 했지요. 어린 분노가 그렇게 한 것이지요. 어떤 때는 상처도 입지 않았는데, 그 풀만 보면 거의 본능적으로 낫을 휘둘렀습니다. 아무리 철이 없었지만, 그 풀의 입장에서 보면, 참으로 잔인한 처사였지요.

북가좌동에 있는 신축 아파트로 이사를 왔습니다. 어느 날 퇴근길에 버스에서 내려 사람이 잘 다니지 않는 길로 걸어가다 보니, 보도블록 사이로 어릴 적 보았던 그 풀이 어린 잎새들을 뾰족하게 내밀고 있었습니다. 봄 가뭄 탓인지 잎들이 약간 말라 보였습니다. 갑자기 애틋한 마음이 들었습니다. 쪼그리고 앉아서 한참을 쳐다보았습니다. 근처 마트로 달려가 생수를 한 병 사와 그 어린 풀에게 부어주었습니다. 그 이후로 아예 병원에서 생수병에 수돗물을 담아와 퇴근길에 그 아이를 적셔 주었습니다. 참으로 잘 자랐습니다. 물론 서점에 가서 책을 찾아 그 아이의 이름도 알아보았습니다. 환삼덩굴. 나는 '까끌이'라는 이름을 붙여 주었습니다. 여름에는 덩굴이 무성했고, 잎도 짙어졌습니다. 이윽고 구월이 왔습니다. 그 푸르름이 이제 튼실한 어른이 다 되었습니다. 문득 옛날이 생각나 바짓자락을 걷어 올려 종아리를 까끌이에게 맡겨 보았습니다. 순간 어린 시절로 돌아갔습니다. 참으로 미안하고 죄송했습니다.

며칠 후, 까끌이에게 가보니, 이미 그 일대는 초토화가 되어있었습니다. 모든 풀들이 다 뽑혀서 깨끗하게 정리가 되어있었습니다. 물론 까끌이도 사라지고 없었구요.

한동안 칼을 참 무서워했습니다. 어느 정도냐 하면요. 스쿠버 다이빙을 할 때 안전을 위하여 조그마한 칼을 가지고 수중에 들어가야 합니다. 혹시 그물이나 줄 따위에 몸이나 장비가 걸리면 정말 위험할 수 있거든요. 이때 칼로 잘라서 탈출해야 하니까요. 그런데 그런 칼도 가능한 외면해 버릴 정도 였습니다.

의사가 된 후, 유난히 칼과 관련된 일들이 많았습니다. 공중보건의 1년 차 때는 일산에 있는 100병상 정도 되는 병원에서 근무했습니다. 응급실 당직을 서는 밤에는, 거의 매일 칼에 찔린 자상 환자가 왔습니다. 그리 심하지 않은 환자는 그 자리에서 소독하고 꿰매어 주었습니다. 물론 심하게 찔린 환자는 수혈을 하면서, 큰 병원으로 전원해야 했죠. 공중보건의 2년 차 때에는 지금 국제공항이 있는 영종도에서 근무했습니다. 한 번은 섬에 놀러온 건달들이 패싸움을 하던 도중에, 자신의 배를 할복한 환자가 보건지소로 들이닥쳤습니다. 상처가 깊어 지혈 및 응급조치를 한 다음 육지로 급히 전원해야 했죠. 여기서도 적지 않은 자상 환자들을 만났습니다. 인턴 때, 파견 간 병원의 응급실에서 근무할 때였습니다. 마약중독 환자였는데, 모르핀 주사를 놓아주지 않는다고, 내 목에 식칼을 들이댄 적도 있었지요. 레지던트 3년 차, 강남세브란스 병원에서 당직을 서고 있을 때였습니다. 형제끼리 술을 마시다가 다툼이 일어나, 동생이 휘두른 사시미 칼에 찔린 형을 마취한 적이 있었습니다. 얼마나 상처가 깊었는지, 이때 농축 적혈구를 무려 200단위가량 수혈했습니다. 사람의 명줄이 얼마나 긴지, 이때 처음 알았습니다. 이 환자는 결국 살아서 퇴원했습니다. 마취 전문의가 된 후에도 자상 환자 마취를 여러 차례 했습니다. 그중에서 특히, 남편과 다투다가 사시미 칼로 자신의 배를 무려 세 차례나 찌른 여자분이 아직도 기억에서 지워지지 않습니다. 참 교수로서의 마지막 당직 때도, 칼에 찔린 환자를 마취했네요. 농축 적혈구를 아마 50단위 정도 수혈한 것으로 기억됩니다.

요즘 분노 폭발의 결과로 보이는 사건 사고가 방송이나 신문에서 거의 매일 볼 수 있습니다. 왜 이리 우리는 성질이 급하고 욱하며, 쉽게 참지 못할까요. 화가 날 때는 잠시 눈을 감고, 마음을 가라앉혀야 하는데, 그런 여유가 없습니다. 우리에게 시와 명상이 필요한 이유입니다.

세브란스 병원 수술장 입구에는 내 친구가 찍은 커다란 대왕쥐가오리 사진이 한 장 걸려있습니다. 마치 곡예를 하듯 날개를 펄럭이면서 우아하게 수중제비를 도는 멋진 사진인데요. 내가 걸어놓았습니다. 가만히 보고 있으면 나도 모르게 두 팔을 벌려 날개짓하는 흉내를 내고 있습니다. 그런데 말입니다. 이렇게 날개짓을 하고 나면 마음이 착 가라앉으며 평온해지는 것을 느낄 수 있습니다. 그래서 나만의 마음 수련법을 만들었습니다. 그 방법을 소개합니다. 누워서 해도 좋고, 일어서서 해도 좋고, 앉아서 해도 좋습니다. 우선, 두 눈을 꼭 감고, 한없이 맑고 푸른 바닷속을 상상하며, 조금씩 깊이깊이 내려갑니다. 그 다음에는 내 자신이 한 마리 대왕쥐가오리가 됩니다. 가슴지느러미를 천천히 천천히 펄럭입니다. 8초간 숨을 내쉬면서 팔을 내리고, 4초간 숨을 들이쉬면서 팔을 들어 올립니다. 숨을 들이쉴 때는 플랑크톤이 많은 바닷물을 잔뜩 마신다고 생각하고, 내쉴 때는 짜고 쓴 소금물만 내뱉는다고 생각합니다. 나의 경우, 한 십 분 정도 이렇게 하면, 어느새 스트레스, 화, 고민 등도 함께 빠져나간 것을 느낍니다. 평화, 고요만 남습니다. 간혹 곡조 없는 노래도 웅얼거립니다.

"화가 잔뜩 날 때도 짜증 가득 할 때도/ 두 눈을 꼬옥 감고 날개를 쫘악 펴고/ 들이쉬고 내쉬고 들이쉬고 내쉬고/ 나는 나는 푸른 바다 만타 가오리"

동요 같죠? 어때요? 여러분. 같이 한번 해보시죠.

참 모진 우리

부부싸움은
칼로 물 베기라더니
그것도 아닌 듯

얼마나 답답하고
힘들었으면
사시미 칼로
자신의 배를 세 번이나 찔렀을까

남편에게
마취에 대해서 설명하는데
멍한 눈동자, 눈물만 그렁그렁
묻는 말에 고개만 꺼덕꺼덕

환자에게
이제 곧 잠들 거예요
깨고 나면 모든 것 다 잘 되어있을 거예요
한숨 푹 자요
텅 빈 눈동자, 눈물만 그렁그렁
기도도 접고 그냥 손만 잡고 있을 뿐

조금씩만 참지
하늘 한번 쳐다보지

>
그게 그렇게 어려운가 보다
우리가 이렇게 모진가 보다

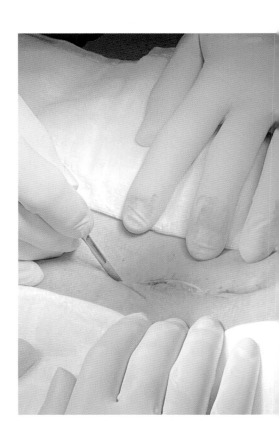

38 당신이 있었기에

　　2020년 3월 29일(음력 3월 6일)은 우리 가족에겐 아주 특별한 날이었습니다. 내 아내의 60세 생일, 즉 내 아내의 환갑還甲날이었습니다. 뭐. 예전에 친척 할아버지 환갑 때는 일가친척뿐만 아니라 동네 분들까지 다 모여 떠들썩하게 한바탕 동네잔치를 하였지만, 부모님의 경우 남부끄럽다고 근처에 사는 친척과 가족들만 모여 시내 식당에서 저녁을 먹고, 선물 또는 축하금을 드리는 것으로 비교적 간단하게 보냈습니다. 내 아내의 경우, 처음에는 우리 가족만 모여 호텔 레스토랑에서 저녁을 먹고, 근사한 기념식을 가지려고 했으나, 한사코 거부하는 바람에 할 수 없이 집에서 조촐한 저녁을 시켜 먹고, 단촐하게 보내기로 하였습니다. 아들과 딸이 각자 조그마한 선물을 증정했고, 나는 거금의 축하금(100만 원)을 준비하였습니다. 그리고 딸의 제안으로, 가족의 뜻을 모은, 조그마한 감사패를 수여하였습니다. 감사패의 글귀는 '인연'이라는 나의 시에서 가져왔지만, 내용과 의미는 우리 모두의 마음속 깊은 곳에서 우러나온 것이었습니다. 감사패를 받은 아내의 깊은 눈에 맑은 눈물이 맺히는 것을 우리 가족 모두는 경건하게 바라보았습니다.

　　　　산아 산아 고운 산아

　　　　네가 있어 여길 올라

　　　　길아 길아 예쁜 길아

　　　　네가 있어 여길 걸어

　　　　사람아 사람아 고마운 사람아

　　　　그대가 있어 우리가 여기에

2020년 3월 29일
사랑하는 가족 드림

　나에게 있어, 나의 아내는 누구보다도 특별한 존재입니다. 내 아내가 없었다면, 아마도 지금의 나는 없었을 것입니다.

　내 아내를 처음 만난 때는 1985년 봄입니다. 본과 1학년 때로, 정신없이 바쁠 때였지요. 그래도 틈틈이 시간을 내어, 세브란스 병원에 있는 재활원에 자원봉사를 나갔습니다. 이때 내 아내는 여기에서 작업치료사로서 일을 하고 있었습니다. 당연히 내가 부른 호칭은 선생님이었지요. 학기 중간에 육체적 정신적 아픔 때문에 학교를 그만두고 고향으로 내려가고 말았습니다. 잠시 부산에 있는 신발 공장에 다녔습니다. 오래 만난 것도 아닌데, 그 누구보다도 선생님이 참 많이 보고 싶었습니다. 특히 야근을 할 때 말입니다. 장문의 편지를 보내왔습니다. 눈물을 훔치면서, 읽고 또 읽었습니다. 심경의 변화가 있어, 이듬해 다시 복학을 하였습니다. 복학 후, 제일 먼저 연락한 사람이 내 아내였습니다. 만남이 반복되었고, 점점 깊어져 갔습니다. 그에 따라 호칭이 선생님에서 누나로 바뀌었습니다. 1986년의 봄은 참으로 따스하고 행복했습니다. 그해 오월, 우리는, 내가 삶을 끝내려고 갔던 내설악 대승폭포로 함께 여행을 갔습니다. 그때 몇 장의 사진을 찍었는데, 아마도 내가 철들고 처음으로 웃었던 것으로 기억됩니다. 이 무렵 나는, 동교동에 있는, 지금의 김대중 도서관 근처에서 하숙을 하고 있었습니다. 늘 붙어 다녔습니다. 아침에 만나서 같이 병원과 학교를 갔고, 저녁에 만나 도서관에서 같이 공부하고, 늦은 밤에야 헤어졌습니다. 가끔은 아내의 친정이 있는 북가좌동까지 손을 잡고 밤새 걷기도 했습니다. 헤어짐이 정말 싫었습니다. 주말에도 특별한 일이 없으면 본교 또는 의대 도서관이나 내가 아르바이트로 일하고 있는 해부학 교실 실험실에서 같이 공부를 했습니다.

늘 공부만 한 것은 아닙니다. 가끔 토요일 오후에는 저녁도 먹고, 커피도 마시고, 다른 연인들처럼 데이트도 즐겼습니다. 우리가 특히 좋아하고 잘 가던 곳은 하숙집 근처에 있는, 경의선 철길이었습니다. 지금은 철길이 없어지고, 경의선 숲길로 바뀌었지요. 하늘이 맑고 깨끗했던, 구월의 토요일 오후로 기억됩니다. 몸이 좋지 않아 도서관에 가지 못하고, 약을 먹고 하숙집에 이불을 깔고 누워있었습니다. 내가 아프다는 연락을 받고 찾아왔습니다. 참으로 고맙고 든든한 버팀목이 되었습니다. 같이 나란히 손을 잡고 철길을 걸었습니다. 코스모스가 여기저기 피어있었습니다. 서쪽 하늘 저 멀리, 해가 지고 있었습니다. 노을이 참 아름다웠습니다. 눈물이 핑 돌았습니다. 누나가 다독거려 줍니다. 힘내라고. 그냥 한없이 한없이 걸어가고 싶었습니다. 내 곁에 있는 바로 이 사람과 함께. 영원히.

힘내

홍대 가는 길
산울림 소극장 근처
옛 철길을 걷어내는 공사가 한창이다
삼십 년 전의 추억을 파헤치고 있는 중이다
철길이 나란히 걷는 것을
사람의 마음이 잠시 머물 수 있는 것을
그냥 두고 보지 못하는 모양이다
그래서 미안한지
회색빛 벽이
안쓰러운 마음으로 쑥스럽게 서 있다

황톳빛 녹슨 철길은 아직도 기억하고 있을텐데
나의 추억을
나의 사랑을
나의 아픔을
나의 눈물을
지금의 내 아내, 누나가 꼬옥 잡아주던 손을
지는 해를 따라 한없이 걸어가던 그 시간들을
함께 나누었던 그 따스한 말들을

늘 곁에서 응원할게
힘내
그래
고마워^-^*

1987년 여름. 우리는 간단한 약혼식을 올린 후, 연대 앞 창천동 깊은 골목 속에 숨어있는 단칸방에서, 오순도순 깨소금 냄새가 나는, 둘만의 은밀한 소꿉놀이를 시작하였습니다. 쥐와 바퀴벌레도 함께 했습니다. 가끔 지네도 같이 놀았습니다. 가난했지만, 부러울 게 없었던 시절이기도 했습니다. 비가 오실 때 함석지붕을 때리던 소나기 소리가 지금도 내 귀에는 들려옵니다. 늦은 밤, 처마 밑 외등 곁 그늘에서 서로의 몸을 탐하던 이름 모를 연인들의 안타까운 모습도 기억납니다. 새벽녘 주인집 연탄 불씨를 빌려 연탄불을 붙이기도 했고, 건너편 가난한 부부의 초청으로 질겁하며, 처음으로 퉁미꾸라지탕을 먹었던 기억도 있네요. 가끔 주인집 부부싸움도 말리고, 삼수하던 그 집 아들 진로 상담도 해주었지요. 또 하나 기억나는 것은, 제일 작은 방에 살던, 술집 나가는 아가씨가 마당에 앉아서 뻐끔뻐끔 담배를 피우던 모습. 어딘가 모를 우수에 가득 차 있던, 허공을 주시하던 텅 빈 눈동자. 꺼질듯한 한숨. 마치 엊그제 같네요. 무엇보다 내 인생에서 가장 중요한 점은, 이때부터 굶지 않고 삼시세끼 다 챙겨 먹을 수 있었다는 것. 공부에 전념할 수 있었다는 것. 아픔이 찾아와도 결코 외롭거나 두렵지 않았다는 것. 누나의 심성을 가진 착한 아내 덕분에.

슬리퍼의 추억

삼십 년도 훨씬 전
약혼하고 같이 산 지
며칠 되지 않은 무렵

밤새 실험하고
집에 들어가는 새벽

어두운 골목 저편
딱 딱 따악 들려오는
낮지만 둔탁한 익숙한 소리

추리닝에 깔깔이 차림
퀭한 눈 나의 누나
매캐한 부엌 한 귀퉁이
바퀴벌레 사냥 중

밤에 자지 않고 뭐해요

신랑 없으니
잠도 오지 않는데
쟤내들 바글바글

갑자기 터져버린

어엉어엉 눈물들

처마 밑 외등 아래
서럽게 반짝이던
다 닳은 짝퉁 삼선 쓰레빠

의사들 사이에는 마취 의사들이 술을 제일 잘 마시는 것으로 알려져 있습니다. 수술실 공기 중에 떠다니는, 미세한 마취 가스를 조금씩 마셔, 이미 인이 박혀서 그렇다는 설이 아주 유력합니다. 대학 시절, 한 잔만 마셔도 얼굴이 벌게지고, 다음 날 숙취로 고생하던 내가 지금은 상당히 마셔도 아무렇지도 않은 것을 보면, 한편으로는 일리가 있어 보입니다.

마취과 레지던트를 할 때, 정말 술을 많이 마셨습니다. 입국식에서, 선배들이 만들어준 폭탄주를 마신 뒤 깨어나 보니, 서울에서 멀리 떨어진 강화도에 있는 동막해수욕장이었습니다. 어떻게 해서 거기까지 간 것인지 지금도 도무지 생각이 나지 않습니다. 참으로 회식이 많았습니다. 술을 마신 뒤, 만취가 되어 파출소에서 깨어난 적도 몇 번 있었고, 전철에서 잠이 들어 2호선을 몇 바퀴 돈 적도 있었고, 1호선 제물포역과 의정부역을 왔다 갔다 한 적도 있었습니다. 수석 레지던트를 할 때는 각 교수님의 파트 회식 및 다른 과 교수님의 회식에 초청을 받으면, 필히 참석해야 했습니다. 가끔 다른 대학의 마취과 회식에 초청을 받아 참석하기도 해야 했었구요. 강사 시절은 말할 필요가 없죠. 통틀어 남자 강사가 나 혼자이니, 온갖 회식에 참석하는 것은 필수였지요. 교수가 되고 나서는 조금 여유가 있었습니다. 그러나 주니어라, 피하고 싶다고 피할 수 있는 것이 아니었습니다. 총무 교수 때가 아마도 가장 힘들었던 시기라 생각됩니다. 과 내, 과 외, 다른 병원, 학회 등의 모임에 참 많이도 참석하고 많이도 마신 것으로 기억됩니다. 이때 병원 보직을 겸하고 있었기 때문에 더욱 횟수가 많았죠. 어떤 면에서 보면, 이런저런 핑계로 내가 술을 즐긴 것인지도 모르겠습니다.

아내가 참 많이 힘들어했습니다. 늘 노심초사. 자주 술에 취해 밤늦게 들어오는 남편이 좋게 보일 리가 없겠죠. 새벽에 일어나 병원으로 가야 하는 남편의 건강에 대한 걱정이 심히 컸겠죠. 술 그만 마시라는 잔소리에 가끔 말다툼도 했었죠. 그러나 새벽에 일어나보면, 언제나 보글보글 맛깔스런 계란찜과 맑은국, 따스한 밥 한 공기가 나를 기다리고 있었습니다. 술을 그렇게 마셨어도 아직 몸이 건강한 것을 보면, 모두 아내의 덕이라 생각합니다. 늘 고맙게 생각하고 있습니다.

　고맙습니다. 학생 때부터 지금까지 나를 지켜준 나의 누나, 나의 아내. 그 사랑 잊지 않겠습니다. 사랑해요. ^-^*

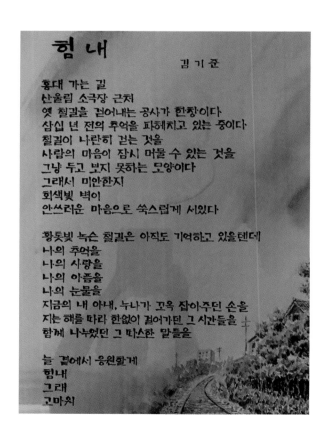

계란찜

아내랑 한바탕
싸운 다음 날에도

술이 이기는지
내가 이기는지
떡이 되어 들어가도

새벽녘 이른 아침
어김없이 차려있는
계란찜 한 뚝배기
하얀 쌀밥 한 공기

노른자 걸러내고
흰자만 곱게 앉혀
파 총총 썰어 넣고
조용하게 끓여 낸
맛깔스런 어린 주검
그 짭조름한 감칠맛

속 쓰린 날 위해
기어이 너희들이
몸을 내어 놓았구나

>
그래 그래
내가 참지

하얀 쌀밥
내 아내는
가슴으로 껍질 깨고
눈물로 간을 맞춰
내 밥상을 차렸다네

수저 들기 미안하고
밥 먹기 송구하여
통째로 마셨다네
앗! 뜨거 입술로 전해지는 뚝배기의 질감
입천장을 벗겨오는 목숨들의 절규

39 우리를 지켜주세요

JCI(Joint Commission international)는 미국 시카고에 본부를 두고 있는, 국제의료기관 평가 인증 기구입니다. 이 기구는 전 세계에 있는 병원을 면밀하게 조사 후 평가하여, 환자안전과 의료서비스의 질이 체계적으로 관리 유지되고 있는지를 국제적으로 인증해주는 기구입니다. 즉, JCI 인증을 받았다는 것은, 그 병원의 의료서비스 질과 환자안전에 대한 노력 및 성과가 국제적으로 인정을 받았으며, 그 수준이 세계 유수의 병원에 비해 결코 떨어지지 않는 것을 보여주는 것입니다. 이는 선진국에 있는 세계적인 병원들과 국제적인 의료네트워크를 구축하고, 해외 환자 유치 경쟁에 앞서기 위해서는 반드시 필요한 과정입니다.

세브란스 병원은 2007년 5월 2일 국내 최초로 JCI 첫 인증을 받았으며, 그 후 3년마다 재평가를 통하여 5차에 걸친 재인증을 받았습니다. 그 과정에 처음부터 깊이 관여한 나는, 세브란스 병원의 JCI 인증이 한국 의료의 발전에 큰 역할을 하였다고 감히 자부합니다. 전반적인 병원 시스템 및 인적자원 개선에 많은 비용이 요구됨은 물론 모든 직원의 자발적인 노력이 없다면, 결코 이룰 수 없는 성과이기에, 국내외의 많은 병원들이, 세브란스 병원의 쾌거를 보고 그 병원들도 우리도 할 수 있다는, 긍정적인 시각으로 바뀌기 시작했기 때문입니다. JCI 인증은 2010년 전국 12개 병원을 대상으로, 시범조사로 시작된 국내의료기관 평가 인증과 함께, 국내 병원의 환자 안전과 의료서비스의 질 향상에 크게 기여한 제도라고 볼 수 있습니다. 한국 의료의 패러다임이 병원에서 환자 중심으로 크게 바뀐 것이지요.

JCI 및 국내의료기관 평가 인증에서 특별히 중요하게 여기는 것이 있습니다. 국제환자안전목표(International Patient Safety Goals, IPSG)가 바로 그것입니다. 이는 환자안전에 가장 중요한 요소들이며, 만약 이 부분에 조금이라도 소홀하거나, 제대로 된 시스템이 갖추어져 있지 않다면, 큰 사고로 이어질 확률이 상당히 높기 때문입니다. 즉, 환자의 생명과 직결될 수 있는 요소들입니다. 첫 번째는 정확한 환자 확인입니다. 두 번째는 효과적인 의사소통입니다. 세 번째는 고주의 약물에 대한 안전 보장입니다. 네 번째는 안전한 수술에 대한 보장입니다. 다섯 번째는 의료 관련 감염 위험의 최소화입니다. 여섯 번째는 환자 낙상 위험의 최소화입니다. 이 여섯 가지 목표를 달성하기 위해서, 병원에서는 다양한 방법과 수단을 간구하여, 이를 프로코콜화하였으며, 시스템을 만들었습니다. 또 정기적으로 이에 관련된 지표를 측정하고 평가하여, 그 도구 및 시스템을 지속적으로 개선 발전시키고 있습니다.

제 경험에 의하면, 이 중에 낙상에 대한 사항이 가장 어려운 요소가 아닐까 생각됩니다. 다른 것은 거의 의료진의 노력에 전적으로 승패가 달린 것이라면, 낙상 부분은 환자 및 간병 요소가 상당히 많이 포함되어 있기 때문입니다. 그래서 낙상은 입원환자와 외래환자의 상해 원인 중, 상당한 부분을 차지합니다. 병원에서는 모든 입원환자 및 고위험 외래환자의 낙상에 대한 위험을 평가하고, 그에 대한 적절한 대처를 해야 합니다. 예를 들어봅니다. 노인 환자나 알콜 중독 환자가 병원에 오면, 더욱 세심히 관찰하고, 간병에 주의를 기울여야 합니다. 카트나 휠체어를 타고 이동하거나, 검사대로 옮길 때는 더욱 주의를 해야 하겠죠. 환자의 의식이 명료하지 못한 중환자실이나 수술실, 수술 후 회복실 같은 곳에서는 정말 의료진이 정신을 바짝 차려야 됩니다. 병실에서의 낙상 사고를 줄이기 위해서, 심지어 입원실에 있는, 모든 침대의 다리를 짧게 잘라 버린 적도 있습니다. 참 쉽지가 않습니다. 구차하게 변명하자면, 의료진이 돌보아야 할 환자가 너무나 많기 때문입니다. 나의 경우 수술대에서 환자를 옮기다가 다친 적이 여러 번 있습니다. 한 번은 거구의 환자를 옮기다가 허리를 삐끗하였는데, 약을 먹고 쉬어도 나아지지를 않아, 결국 신경차단술을 받고 입원한 적도 있습니다. 또 한 번은 침대 모서리에 부딪혀 정강이에 제법 큰 상처를 입었습니다. 다행히 몇 바늘 꿰매는 것으로 해결이 되었습니다. 그래도 참 다행이었습니다. 수술대에서 환자가 떨어졌다고 생각해보세요. 그 결과는 상상하기도 싫습니다. 적정진료관리실 실장을 그만둔 지 한참 오래되었습니다. 하여튼 나는 세브란스 병원에서, 완벽하지 못하지만, 기도하는 마음으로, 오늘도 최선을 다하려 노력하고 있습니다.

낙상

수술대에서
환자를 옮기다가

퍽
윽
침대 모서리에 부딪혀
정강이 살점이 너덜너덜

선생님 괜찮으세요

급히 붕대를 감아도
스멀스멀
배어 나오는 피

휴~~
참 다행이다
환자 떨어지지 않아서

옆의 간호사
하는 말

허!!
참
적정진료관리실 실장 아니랄까
IPSG를 몸으로 보여 주시네요

세브란스 병원의 적정진료관리실 실장을 하던 때가 있었습니다. 월요일 아침에 병원 운영위원회 회의를 마치고, 9시경 사무실에 옵니다. 지난주에 있었던 모든 근접오류 및 오류, 환자안전 사건, VOC 등을 검토하고, 직원들과 함께 그 해결방안을 논의합니다. 그런 다음, 지난주 유명을 달리한 환자들의 이름과 병명, 사망원인 등을 확인한 후, 결재 사인을 남겨야 합니다. 이 시간이 참 싫었습니다. 대학병원이다 보니, 말기 암 환자 및 중환들이 많고, 따라서 대부분 사망원인이 분명하고 확실합니다. 그러나 간혹 환자안전 사건으로 분쟁 중이거나, 소송 중에 있는 환자들의 이름도 볼 수 있습니다. 참으로 안타깝고 괴로웠습니다. 이런 날 저녁에는 가끔 혼자서 소주를 마셨습니다. 허공에 한 잔 뿌리며, 그 영혼들을 위로하였습니다. 그럴 때, 내 아내가 큰 위로가 되었습니다.

의사가 된 지 어언 33년이 훌쩍 지났습니다. 하여튼 나는 세브란스 병원에서, 완벽하지 못하지만, 기도하는 마음으로, 오늘도 최선을 다하려 노력하고 있습니다. 요즘 부쩍, 치유는, 진정한 치료는 하늘이 하는 것이라는 생각이 듭니다.

월요일 아침

나는 세브란스 병원
적정진료관리실 실장이다

새롭게 시작되는 월요일 아침마다
지난주 생을 달리한 죽음의 선배들
굵고 선명한 명조체의 이름과
나이, 병명, 사망원인을 확인한 후
조곤조곤 결재 사인을 남긴다
내 가슴 깊숙한 곳에 각인하는 것이다

얼마나 아팠을까
얼마나 힘들었을까
얼마나 무서웠을까

혹 우리의 실수는 없었는가
혹 우리의 잘못은 없었는가
혹시나 억울하고 분한 죽음은 아니었을까
한이 맺혀 차마 떠나지 못하는 발걸음은 아니었을까

내 모든 것을 내려놓으며 무릎을 꿇게 만드는 시간이다

의사인 나에게
가장 모질고도 힘든 시간이다

>
떠난 모든 이들에게
이 마음 다하여 명복을 비는 시간이다

JCI 및 국내의료기관 평가 인증의 시설 안전 관리 부분에서 가장 중요하게 다루는 것이 화재 안전 관리입니다. 병원은 화재 발생에 대비하여, 예방, 조기탐지, 효과적인 진압, 위험 저감, 환자와 직원의 안전대피를 위한 프로그램을 수립하고, 이행해야 합니다. 화재의 조기탐지 및 진압과 관련된 모든 장비를 포함한, 화재 안전 프로그램을 정기적으로 점검하고, 그 결과를 문서로 남겨야 합니다. 또한 정기적으로, 직원들이 참여하는 소방 훈련을 실시하여야 합니다. 이 훈련 때는 초기 화재진압은 물론, 병원이다 보니, 환자 대피에 관한 훈련을 집중적으로 실시합니다. 스스로 움직일 수 없는 환자들이 다수 있는, 수술장과 중환자실이 특히 중요합니다. 훈련에서는 가상 환자를 만들어 놓고, 실제처럼 환자를 이동시키는 연습을 반복합니다. 당연히 환자 이송에 직원들이 맡은 역할들이 확실하게 정해져 있습니다. 당시의 상황을 돌이켜보면, 이 훈련을 기피하는 의료진은 없었습니다. 모두 적극적으로 참여했던 것으로 기억됩니다. 아마도 워낙 세브란스 병원의 시설이 크고 방대하다 보니, 화재에 대해서 모든 직원들의 경각심이 각별했을 것으로 생각됩니다.

그 훈련의 결과가 현실로 나타났습니다. 2018년 2월 3일 토요일 아침 8시, 세브란스 병원 본관 3층 푸드코트에서 화재가 발생했습니다. 화재로 인해 연기가 3층에서 8층까지 퍼질 정도였습니다. 다행히 스프링클러와 방화벽 등이 정상적으로 작동하여 화재가 조기에 진압되었습니다. 중환자실로 올라가는 계단으로 들어서니, 감동 그 자체였습니다. 연기가 자욱한 그 계단에서 세브란스 병원의 의사와 간호사, 행정 직원들이 환자들을 질서있게 이송하고 있었습니다. 마치 훈련 상황인 듯, 착각이 들 정도로 말이죠. 아무도 당황하거나, 겁에 질린 직원은 없었습니다. 감격에 겨워 목이 메었습니다. 환자분들도, 직원들도, 아무도 다치지 않았습니다. 진정 세브란스 병원은 하나님이 지으신 병원이 분명합니다.

코드레드 코드레드

냅다 소화기를 들고
푸드코트로 달려갔다

물에 적신 손수건으로
입과 코를 막고
연기 속에서
발화지점을 찾기 위해
여기저기 헤매었다

당신이 세운 병원이니
당신이 알아서 하세요
단, 환자는 손끝 하나 다치면 안 돼요

천장에서 쏟아지는 빙하 같은
스프링클러의 물
참으로 시원했다
고맙습니다 감사합니다

아! 참 환자들
중환자실을 향하여
냅다 계단을 뛰어 올라가며

불은 다 꺼졌어요

천천히 천천히 내려오세요

환자를 부축하며
내려오는 우리 직원들

중환자실에서 병동에서
훈련한 대로 착착 환자를 이송하는
우리 간호사들, 후배 의사들

참으로 자랑스러웠다

세브란스 병원은 진실로 진실로 하나님이 세우신 병원이 맞다

40 영혼이 깃든 곳

2013년인가요. 개인적으로 좋아하는 영화배우 안젤리나 졸리가 특별한 이상도 없는데, 예방적으로 난소와 유방을 절제했다는 소식이 세상을 뜨겁게 달구었지요. 처음엔 나도 참 놀랐습니다. 왜 그리했을까 궁금하기도 했구요. 알고 보니, 2007년에 어머니를 난소암으로 떠나보냈고, 이모가 유방암으로 치료를 받은 가족력이 있었더군요. 그래서 브라카 유전자(BRCA1/2) 검사를 했는데, 이 유전자에 돌연변이가 있음이 밝혀진 것이지요. 이 유전자는 우리 몸에 정상적으로 존재하는 유전자입니다. 세포 속의 DNA가 자외선 혹은 유해물질로부터 손상되었을 때, 이를 복구하는 기능을 담당하는, 암 억제 유전자 중의 하나이죠. 이 유전자에 돌연변이가 있는 경우, 평생을 통하여 유방암에 걸릴 확률은 80%, 난소암에 걸릴 확률은 40% 정도가 됩니다. 그래서 예방적으로 난소와 유방절제술을 시행한 것이지요. 그래도 내가 좋아하는 스타가 그런 수술을 받았다니, 한동안 마음이 짠했습니다.

유방암은 현재 우리나라 3대 여성암(유방암, 자궁암, 난소암) 중에서, 발병률과 사망률이 가장 높은 암입니다. OECD 국가 중에서, 발병 증가율이 1위에 달할 정도로 매년 발생 환자수가 늘고 있지만(한 해 2만 명 이상 발생), 다행스럽게도 사망률은 OECD 국가 중에서 가장 낮습니다. 이는 자가검진 및 유방 촬영(맘모그램) 및 초음파를 이용한 적극적인 건강검진으로 조기진단이 늘어났고, 수술 및 약물치료 그리고 방사선 치료를 응용한, 표준화되고 선진화된 치료법들이 잘 정립되어 있기 때문입니다.

몇 년 전, 오랫동안 보지 못했던, 먼 친척 동생으로부터 전화가 왔습니다. 유방에

덩어리가 만져지는 것 같아 병원에 갔는데, 암일지 모르니 큰 병원에 가서 검사를 받아보라는 말을 들었다는 것입니다. 결국, 세브란스 병원에서 유방암 3a기 진단을 받았습니다. 수술 전날 병실로 찾아갔더니, 한숨 속에 소리 없는 눈물을 연신 찍어내었지요. 아이들은 어머니께 맡겨두고 혼자서 수술받으러 왔다고. 남편은 어디 갔냐고 물었더니, 5년 전에 교통사고로 사별했다고 그러더군요. 뭐라고 해줄 말을 찾기가 힘들었습니다. "요즘은 좋은 약이 많아 치료 성적이 예전에 비해 많이 좋아졌다"라는 말밖에는. 유방 절제 수술을 받았고, 그 후 화학요법과 호르몬 치료를 받았습니다. 1년 후에 다른 쪽 유방에도 암이 발견되어, 수술을 받았습니다. 퇴원하기 전날 들었던 말이 아직도 가슴에 남아있습니다.

"오빠. 어쩜 나는 이렇게도 복이 없지? 남편도 없고, 가슴도 없고. 이제 여자도 아니네."

희미하게, 하얗게 웃던 모습이 가끔 마음을 아리게 합니다. 좀 더 일찍 자가검진을 하였더라면 어땠을까. 참 아쉽습니다. 30세 이상의 여성분들은 매달 한 번은 자가검진을 꼭 하셔야 합니다. 자료는 인터넷에 엄청 많습니다. 그 이하 연령대도 가능한 하시구요.

박복

마흔다섯
유방암 3기

열두 살배기 아들
여덟 살배기 딸

오빠
나 어떡해
이렇게 지지리도 복이 없을까

그렁그렁
텅 빈 눈동자

무슨 말을 하랴

내 가슴도
그렁그렁

어머님 산수연傘壽宴이 있던 그해 가을. 부산에서 강의를 끝내고, 어머니를 뵈러 고향 김해로 갔습니다. 바쁘다는 핑계로 자주 찾아뵙지는 못하지만, 고향 근처에서 강의나 학회 등의 볼일이 있으면, 꼭 고향집에서 하루를 자고 서울로 올라옵니다. 어떨 때는 나도 일정을 확신할 수 없어, 갑자기 찾아뵈어도 이 불효자를 참 반갑게 대해 주십니다. 추위를 많이 타는 나를 위해, 항상 방을 따스하게 데워주셨습니다. 딱딱한 장판이 불편할까 봐, 두툼한 원앙금침을 깔아주셨습니다. 아마도 생전의 아버지와 함께 쓰시던 것이겠지요. 밤늦게까지 이런저런 이야기를 나눕니다. 늘 전화로만 간단히 안부를 여쭙다 보니, 서로 할 말이 참 많습니다. 그런데 결국 옛날이야기로 돌아갑니다.

자정이 다 되어갑니다. 졸음이 밀려오기 시작할 무렵, 바깥에 갑자기 빗소리가 들리기 시작합니다. 늦은 가을비가 쏟아지기 시작한 것입니다. 어머니께서 놀라운 이야기를 들려주십니다. 내 바로 밑의 동생이 태어나던 그해 초가을 장마 때 이야기였습니다. 이야기를 듣다가, 나도 모르게 어머님 손을 꼭 잡았습니다. 깜빡 잠이 들었나 봅니다. 눈을 떠보니 내 손은 어머니 가슴 위에 올려져 있었습니다. 어둠 속에서 눈물이 강물처럼 흘렀습니다. 엄마, 우리 엄마.

"묻지도 말아라
  내일 날에
  내가 부모 되어서 알아보리라"

젖

우리 어무이는 아직도 가슴이 삼십대 같네예

맞제? 내가 젖 하나는 튼실하제
하이고! 니 동생이 태어났던 그해 초가을에
어찌나 비가 왔는지 동네에 큰물이 들었제
강물이 넘쳐가꼬 집이 다 잠겨 가는데
니네들 하고 세간 몇 개 뒷산에 옮겨 놓고
가마이 생각해보니 집에 돼지가 있는 기라
너거 아버지하고 물을 헤치고 축사에 가보니까
애미는 쓸려갔는지 없고 젖도 안 뗀 새끼 한 마리
나뭇가지에 걸려 오돌오돌 떨고 있는 기라
안쓰러바 데리고 와서 닦이고 상자에 넣어 놓았제
아! 니 동생 젖 먹이는데 이 돼지 새끼가 자꾸 꿀꿀거리데
배가 고파서 그런가 시퍼서 한쪽 젖에 살짝 물려 보았제
하이고! 어찌나 잘 빨던지 지금도 눈에 선하네
그놈이 죽지 않고 자라서 우리 집 복돼지가 된 기라
새끼도 얼마나 잘 낳고 너거 아버지 장사도 잘 되고
너거들도 무탈하게 잘 크고 이 큰 집도 짓고

이 늦은 가을 깊고도 깊은 밤에
팔순의 엄마 가슴에 가만히 손을 올려본다
그 젖이 눈물 되어 강물처럼 흐른다

아 엄마
우리 엄마

내가 가장 행복한 시간이 언제일까요? 한번 맞추어 보세요. 출근을 위해 새벽에 일어나기 전, 한 30분 동안입니다. 새벽 4시경에 잠이 깨면, 간단한 스트레칭을 한 다음, 명상을 하고, 시를 읽고 쓰기도 합니다. 새벽 5시경에 침대로 다시 돌아가, 아내 곁에 눕습니다. 아내의 이부자리를 여미어주고, 팔베개를 해줍니다. 뒤척이는 아내의 가슴을 토닥토닥 두드립니다. 아기가 따로 없습니다. 보채다가 다시 깊은 잠에 빠지는 모양새입니다. 아내의 가슴을 살짝 만져봅니다. 내 아이들을 키워내고, 내 청춘을 뜨겁게 달구었던, 바로 사랑 그 자체, 연분홍 꽃잎의 따스함이 전해옵니다. 어찌 행복하지 않을 수 있겠어요?

나도 이제 나이가 들었나 봅니다. 어릴 적, 조물락거리며 잠이 들었던 할머니의 가슴도 그립고, 나를 키워주신 어머니의 가슴도 그립습니다. 이제는 나 자신만의 가슴을 준비해야 하겠지요. 단단하면서도 부드럽고, 따스하면서도 냉철하고, 넓고도 깊은, 시인의 가슴 말이죠. 한편, 두렵기도 하네요. 먼 훗날에 나는 어떤 가슴으로 기억되어 질까요? 나도 한 달에 한 번은 꼭 자가검진을 해야겠어요.

가슴에 대하여

내 나이를 닮은 늦은 가을 쌀쌀한 새벽녘
뒤척이는 아내의 머리 밑에 팔베개를 하고
왼손으로 가만히 그 가슴을 만져본다
약간은 처졌지만 그래도 여전한 황도복숭아
내 아이들을 키워내고 내 청춘을 감싸준 따스한 감촉
아직도 품어 나오는 젊음의 그 뜨거웠던 욕망

유년시절
회초리 맞아 흐느끼며 이불 속을 파고들 때
슬며시 찾아든 할머니 가슴속
조물락 조물락
괘안타 괘안타 자고 나면 다 괘안타
서럽고 서러운 마음 눈 녹듯 사라지던
그립고 그리운 황혼의 감은사 고저녁한 석탑 두 개

세상에 나오자마자
가장 먼저 찾았을 나의 꿈 나의 신세계
입으로 들어올 때 얼마나 황홀했을까
뼈와 살을 녹여내고 피로써 맛을 더한
금자동아 은자동아 어허둥둥 내 사랑아
엄마의 그 가슴은 그냥 말 못할 먹먹함이다

지금의 나는

무슨 가슴을 갖고 있을까
한 여자의 동반자로서, 두 아이의 아빠로서

또 머지않은 미래
할아버지의 가슴은 어떠해야 할까

나는 어떤 가슴으로 기억되어 질까

41 감사 감사 감사

어떤 시인이 인생을 입에서 항문까지 천하게 하강하는 긴 터널이라고 비유했습니다. 처음 이 시를 읽었을 때, 힘들고 눈물 많은, 가난한 시인의 삶을 생각했습니다. 참 안타까웠습니다. 그러나 곧 아무리 가난하고 힘이 들어도, 우리 인생이 꼭 그렇지 않을 수도 있다는 것을 깨달았습니다. 태어나서 죽음에 이르는 그 멀고도 긴 과정. 어떤 이에게는 천하고 고단한 여정이겠지만, 노력 여하에 따라서 어떤 이에게는 귀하고 아름다운 여정이 될 수도 있을 것입니다. 삶을 대하는 태도와 방식에 따라서 말이죠. 나는 이렇게 결심했습니다. 어차피 똥이 될 인생이라면, 잘 여물고, 잘 삭은 똥 한 바가지가 되자. 봄날 거름 되어 뭇 생명을 키워낼 수 있는, 황금색 똥. 똥. 똥.

우리는 인생의 시작인 자신의 입을 매일 봅니다. 세수와 잇솔질을 할 때마다, 화장할 때마다 거울을 볼테니까요. 그리고 항상 예쁘게 보이려고, 또 청결히 유지하려고 애를 쓰죠. 남의 이목에 자유로울 수 있는 이는 별로 없으니까요. 기왕이면, 말 함부로 하지 말고, 고운 말 바른말 쓰면서 살면 좋겠어요. 인생이 흘러가는 길인, 식도와 위, 소장과 대장은 보이지 않으니, 아프지 않으면 별 관심을 두지 않죠. 그러나 그 중요성은 잘 알려져있어, 정기적으로 내시경 등의 예방 검진을 합니다. 인생의 종착역인 항문은 좀 복잡미묘합니다. 똥이 나오는 구멍이라 일단 더럽고 추하다는 선입견이 있습니다. 또 쉽게 볼 수가 없습니다. 당연히 친숙하지 못합니다.

혹 독자 여러분들은 자신의 항문을 본 적이 있나요? 나는 가끔씩 거울을 통해 나의 항문을 관찰합니다. 그리고 정기적으로 검지를 이용한 수지검사를 합니다. 그리고 피가 묻어나는지, 피의 색깔이 어떠한지, 똥의 상태를 면밀하게 살펴봅니다. 이 셋만 잘해도 항문암을 포함한 직장 및 항문의 질환을 조기에 진단할 수 있습니다. 의과대학 다닐 때, 대장항문암 수술을 전공하시는 어떤 교수님은 미지근한 물로 항문 마사지하는 것을 참 많이 강조하셨습니다. 매우 중요한 가르침입니다. 항문을 우습게 보면 큰일 납니다. 배변의 즐거움이 먹는 즐거움보다 몇 배나 더 큽니다. 변비로 고통받는 환자가 얼마나 많은 줄 아십니까? 많게는 대략 국민의 20% 정도가 됩니다. 치핵, 치열, 치루 및 농양 등의 치질로 병원을 찾는 환자는 2019년 통계를 참고하면, 약 65만 명에 이릅니다. 항문암 발병과 사망률 또한 매년 증가 중입니다. 식생활의 서구화와 다이어트, 불규칙한 배변 습관, 항문 위생의 소홀 등이 그 원인입니다.

　나는 화장실을 나올 때, 항상 세 번 고맙다는 인사를 합니다. 우선 나에게 온갖 영양분을 다 내어주고도, 별 원망이나 미련 없이 내 몸을 빠져나가 준, 찌꺼기로 남은 황금색 똥. 그리고 그것을 잘 간직했다가 매일 새벽에 어김없이 정확히 시원하게 비워주고 내어 보내주는, 탄력과 힘이 넘치는 똥꼬와 직장. 마지막에는 내색하거나 마다하지 않고, 나의 허물과 찌꺼기를 허심탄회하게 받아주는 변기에게 말이죠.

화장실을 나올 때

고마워
내가 살아갈 힘을 주고
네가 대신 사라져 가는구나
좋은 것만 남겨두고 그림자가 되는구나

고마워
나의 찌꺼기를 내보내 줘서
찢어지고 헤어지며 나를 지키고 있구나
혼자서 용을 쓰며 울고 웃고 하는구나

고마워
나의 흔적들을 온몸으로 받아줘서
모두들 코를 막고 피해들 가는데
가슴을 활짝 열어 내 고민을 들어주네

고맙습니다
고맙습니다
고맙습니다

머리 숙여
마음 깊이 감사를 드린다

볼일을 보고
나올 때는
꼭 세 번

항문이 없는 사람들 이야기 들어보신 적이 있을 겁니다. 이들은 장루를 가지고 있습니다. 장루는 소장 또는 대장, 항문 등의 질병으로 인하여 대변 보기가 어려울 때, 복벽을 통해 체외로 대변을 배설시키기 위하여 만든 인공 항문입니다. 2019년 기준, 국내에는 무려 1만 5천 명 이상의 장루 환자들이 있다고 하나, 수치심 때문에 숨겨진 경우를 포함하면 그 숫자가 훨씬 더 많을 것입니다. 많은 환자들이 자신이 스스로 배변을 통제할 수 없다는 사실에 좌절감과 우울감, 자살 충동 등을 경험합니다. 장루 주위의 염증과 피부 손상으로 고생하는 경우도 적지 않습니다. 불규칙한 잦은 배변, 대변 및 가스 누출 등으로 개인적, 정신적, 사회적 트라우마가 상당합니다. 내 주위에도 장루를 가진 지인이 몇 사람 있습니다. 정상적인 개인 및 사회생활이 쉽지 않아 매우 힘들어합니다. 가장 큰 이유는, 집밖에는 자존심을 다치지 않고 장루 주머니를 편하고 안전하게 교체할 수 있는 공간이 거의 없기 때문입니다. 참 안타깝습니다. 수유 공간처럼 사회적으로 그런 공간을 만들 수는 없는 것일까요? 냄새와 연기를 빨아내는 배출기가 설치된 흡연 부스는 여기저기 많이 있는데 말이죠.

장루

사람 마음
참 간사한 것이

수술만 할 수 있으면
무엇인들 하지 못할까
감지덕지하였건만

마음대로 먹지 못하고
마음대로 싸지 못하고
마음대로 다니지 못하고
마음대로 눕지 못하고
마음대로 입지 못하고

냄새날까 조마조마
터질까 조마조마
들킬까 조마조마

가족 눈치
돈 눈치
직장 눈치
친구 눈치

괴롭고

서럽고
우울하고
미안하고

눈물로 씻어내는 굴욕의 주머니
가슴을 조여 오는 철조망 가시 울타리

42 눈물의 종류

　'눈물은 왜 짠가'. 멀건 설렁탕 국물과 투가리 부딪히는 소리와 말없이 애먼 깍두기 썹는 정경이 서럽고 애잔한 눈물이 되어 흐르는, 많은 것을 생각하게 만드는, 함민복 시인의 유명한 시의 제목이죠. 나에게도 대학 1학년 독서실 시절에, 그런 비슷한 경험이 있습니다. 어쩌다 설렁탕 집에 가면, 이 시가 생각나, 한 번도 만난 적이 없는 시인을 위해 소주를 시킵니다. 시인 한 잔, 나 한 잔. 술은 둘이 마시는데, 취하는 건 오로지 나입니다. 눈물이 찔끔 납니다. 그런데 나의 눈물에서는 항상 파의 매운맛이 먼저 묻어납니다.

　사람의 눈물샘에서는 극소량의 눈물이 계속 분비됩니다. 이를 기본적 눈물이라 합니다. 하루 동안에는 약 1g 정도가 나온다고 합니다. 그런데 4~5초 간격으로 의식적으로 또는 무의식적으로 눈을 계속 깜빡거려주어야 이 눈물이 안구 표면에 고르게 퍼집니다. 그래야 촉촉하고 맑은 눈을 유지할 수가 있는 것이죠. 그렇지 않으면, 처음에는 눈이 뻑뻑해지다가, 안구건조증으로 발전하고, 급기야는 각막 손상으로 이어질 수 있습니다. 젊은 층에서는 장시간의 컴퓨터, 스마트폰 사용이 가장 많은 원인입니다. 어쩔 수 없을 때는 의도적으로 눈을 자주 깜빡이거나, 인공눈물을 사용하는 것도 한 방법이겠지요.

　반사적 눈물이라고 있습니다. 매운 양파를 깔 때, 티끌이 눈에 들어갔을 때, 하품이나 구토를 할 때 등 눈물샘이 자극되어 갑자기 많이 흘러나오는 눈물이 그것이죠. 이것은 눈을 보호하기 위한 일종의 방어 시스템입니다.

사람은 감성을 가진, 감정적 동물이죠. 희로애락喜怒哀樂의 감정이 일정 수준 이상이 되면, 참을 수 없게 눈물이 흘러나오지요. 이때의 눈물을 정서적 눈물이라고 합니다. 이 눈물에는 스트레스 관련 호르몬과 인체 독소가 다량 들어있습니다. 이 눈물을 흘림으로써, 외부로 부정적인 물질들을 빨리 배출할 수가 있겠죠. 따라서 스트레스 해소와 정서적 안정감 회복에 큰 도움이 되지요. 실제로 한바탕 실컷 울고 나면, 마음도 가라앉고 호흡도 편해집니다. 정서적 눈물은 특유의 맛을 가지고 있습니다. 분노의 눈물은 짜고 쓴맛이 강합니다. 화가 나면, 바싹 달아오른 교감신경 때문에 눈물에 수분은 적어지고, 염분 성분이 많아지기 때문입니다. 슬픔의 눈물에는 산성 성분의 물질이 많이 포함되어 있어, 신맛이 난다고 합니다. 슬픔에는 쓰라린 고통이 녹아 있기에 당연히 그럴 것 같습니다. 기쁨의 눈물에는 포도당이 들어있어, 약간 단맛이 난다고 합니다. 경험상, 꼭 그렇지는 않았는데. 믿거나 말거나입니다.

눈물의 맛

슬픈 눈물은 신맛이 난다
분한 눈물은 짜고도 쓴맛이 난다
행복에 젖은 눈물은 무슨 맛일까
산전수전 오랜 시간 곰삭은 후
아마도 이슬처럼 투명한 맛
여운으로 감도는 살짝 달콤한 맛

보통 젊은 환자들은 그렇지 않은데, 수술전처치실에서 유난히 눈물을 많이 보였던 한 청년을 마취했습니다. 입술을 꼭 깨물고 있는 모습에 불안이 심한 듯하여, 마취 전에 기도를 해주려 했으나, 거부하는 바람에 그냥 마취를 시행하였습니다. 수술 도중에 주치의가 나에게 한마디 합니다.

"선생님. 이 환자 사연 아세요?"
"무슨 사연요? 몰라요. 아까 기도를 해주려 했는데, 거부하더라구요."
"원래는 한 달 전에 수술하려고 했는데, 이 환자 아버지가 많이 아파 수술이 미루어진 거예요. 며칠 전에 아버지가 돌아가셨데요. 심부전으로. 입원치료를 마다하셨데요."
"아……"

자세히는 모르지만, 희미하게 그림이 그려졌습니다. 아버지와 아들 사이에 있었을 그 적막한 시간들. 그 먹먹한 대화들. 그리고 청년의 눈에 고여 있던 그 슬픔과 애처로움의 흔적들. 아마도 아버지의 볼 깊은 곳을 타고 흘렀을 한스러운 눈물 줄기.

어떤 눈물

이틀 전
말기 심부전
아버지 초상을 치르고
수술대 위에 누운 간암 3기
30세 헌칠한 청년
맑은 눈동자 고여 있는 신맛 가득 눈물

자식이
먼저 가는 건
정말 못 볼 짓이야
포기하지 말고 꼬옥 이겨 내거라
치료도 거부하고 곡기도 끊고
홀쩍 한세상 떠나가 버린
애끓는 애비 명줄을 건 절규
그 깊은 눈동자에 맺혀 있었을 짠맛 가득 쓴맛 눈물

하루 종일 체한 듯 먹먹한 가슴

43 부부

　아내의 나이가 오십 중반을 갓 넘었을 무렵입니다. 얼굴이 화끈거리고 열감이 온몸으로 느껴져, 밤에 잠을 깨기가 일수였습니다. 그리고 가끔 오목 가슴 뒤에 뭔가 맺혀 있는 듯, 저리고 답답하다고 주먹으로 자기 가슴을 쿵쿵 칩니다. 전보다 감정의 기복이 심해졌습니다. 물어보니, 생리주기와 양이 불규칙해졌다고 했습니다. 에스트로겐 분비의 감소로 인한, 갱년기 장애 같았습니다. 세브란스 병원의 산부인과에서 진료를 보았습니다. 경구용 여성호르몬을 처방받았습니다. 몇 번 복용을 하더니, 어느 날인가부터 중지를 하더군요. 계속 먹기를 권유했으나, 내가 지고 말았습니다.

　몇 년 후의 나 역시 이유도 없이 우울해지고, 짜증이 늘었습니다. 술을 마시는 횟수와 양이 늘었습니다. 밤에 잠도 자주 깼습니다. 잠을 자도, 휴식을 취해도 피곤이 가시질 않았습니다. 병원에서의 업무로 인한 스트레스 때문일 것으로 짐작을 했습니다. 우연히 병원 비뇨기과 후배에게 이야기를 해보니, 남성 갱년기 장애일 가능성이 높다고 했습니다. 남성 호르몬 보충제인 안드리올을 처방받았으나, 나 역시 복용하지 않았습니다.

　약에 의존하지 말고, 다른 방법으로 갱년기를 극복해보고자 했습니다. 부부 및 결혼생활 관련 책을 수십 권 구해서 읽어보았습니다. 우리 부부 사이에 리모델링이 필요함을 느꼈습니다. 동시에 나 자신의 삶도 지속적으로 리모델링하기로 결심했습니다. 단 한 번뿐인 인생을 아무런 의미도 없이, 덧없이 보낼 수는 없지 않습니까? 평생의 반려자를 소 닭 보듯 할 수는 없지 않습니까? 몇 가지 결심을 하고, 실천을 하려 노력했습니다.

아내에게 짜증 부리지 않기
아내에게 친절하게 말하기
아내가 하는 말 귀담아듣기
아내를 자주 안아 주기
아내와 함께 친밀한 시간을 자주 가지기
아내에게 고맙다는 말을 아끼지 않기
아내에게 나의 사랑을 자주 표현하기

나와 나의 아내는 삶의 또 다른 고개를 함께 넘었던 귀한 동반자, 삶의 반려자, 소중한 친구랍니다.

삶의 또 다른 고개를 넘으며

아! 이것이 그 길인가 보다
생의 선배들이 말하던 고단한 삶의 과정, 그 칠부능선
변기 속에 버려진 희껏한 머리카락들
그 속에 숨겨있는 닳고 닳은 삶의 편린들, 삶의 당연한 역설
그걸 이제야 알았으니
미안하구나 미안하구나, 우리의 생애여

오목가슴 뒤쪽이 저려온다고, 열감이 온몸을 감싼다고
불면의 밤을 호르몬으로 달래는 그대
시린 마음과 지친 몸, 쏟아붓는 알콜로 침몰해 가는 새벽녘
해일처럼 거대한, 하지만 갈 수밖에 없는
그런 삶의 실 끝마저 문득 놓아버리고픈 나
그런 우리는 바람이었나 보다
생의 먼 저쪽에서 먼지처럼 날려 온

속살이 닿아도 떨림이 없는 우리
이제야 비로소 한 몸이 되어가는가
멀리 있어도 서러움이 없는 우리
이제야 비로소 부부가 되어가는가

미안하구나 미안하구나
나의 평생의 반려자여 그리고 나의 생애여

부부 사이의 섹스는 매우 중요하며, 부부간의 정을 돈독히 하는데 필수적인 요소입니다. 섹스는 몸으로 하는 친밀한 대화이며, 교감이며, 공감입니다. 모 대학교 최고위자 과정에서 강의를 할 때, 설문조사를 한 적이 있습니다. 학생들은 대부분 사회에서 성공한 그룹에 속하는 직업을 가지고 있었으며, 나이는 대략 30대 후반에서 50대 후반 정도였습니다. '자기는 지금 행복한가'라는 질문에 그렇다고 대답한 비율이 10% 정도였습니다. '현재의 성생활에 만족하는가'라는 질문에 그렇다고 답한 비율이 딱 5%였습니다. 현재 한국 부부의 성생활 만족도는 10% 미만으로 세계 최하위라고 알려져 있습니다. 세계 평균은 대략 60%가 넘습니다. 가장 최근의 연구에 따르면, 국내 성인 중 36%는 지난 1년간 성관계를 갖지 않았다고 합니다. 이 섹스리스 성인이 20년 전에 비하여 3배 이상 증가하였다고 합니다. 아마 섹스리스 부부의 비율도 상당할 것으로 추측됩니다. '가족끼리 뭘 해?'라는 농담이 더 이상 우스갯소리로만 들려지지 않으니까요.

중년 이후, 부부 사이의 규칙적인 성생활은 정신적 육체적 건강에 큰 도움이 됩니다. 우선 부부 사이의 친밀감과 서로에 대한 존중감이 향상됩니다. 치매 예방과 우울증 완화에 매우 좋습니다. 자궁 및 전립선 질환 예방에 도움이 됩니다. 잘 알려진 대로, 상당한 운동 효과가 있습니다. 10분간의 섹스는 90Kcal 정도의 에너지를 태웁니다. 테니스나 농구를 할 때와 비슷합니다. 엔돌핀 분비의 증가로 관절염 등의 통증이 완화됩니다. 개인적인 생각으로는 가장 좋은 점은 이것입니다. 서로 잘 보이기 위해서라도 몸매와 피부관리, 건강관리에 무척 신경을 쓰게 됩니다. 백년해로百年偕老의 시작이 바로 여기서부터 출발하니까요.

우리 부부는 어떻냐고 물으시네요. 예전 같지는 않지만, 마냥 좋습니다.

아직도

푸드득 푸드득
새벽의 횃대 위로
나는 가볍게 날아오르고

아내는
해 아래 알을 품듯
귀를 쫑긋
괜한 손사래 손사래

그렇게
우리는
하늘을 오른다

이렇게
우리는
사랑을 나눈다

나와 나의 아내가 만난 지는 35년이 훌쩍 넘었습니다. 물론 지금은 그때만큼 열정적이거나 충동적이지는 않겠지요. 그래도 가끔 첫 키스의 추억이 아련히 떠오릅니다. 우리의 몸을 뜨겁게 달구었던, 다시는 가볼 수 없는, 저만치 멀어져 가는 그리운 그때.

　　우리들 모두는 지상에 잠시 머무는 시한부 인생입니다. 사랑할 날들이 얼마나 남아 있을까요? 미워할 시간이 어디 있어요? 오늘 저녁 장미꽃 한 다발 준비하여, 아내의 품에 안기려 합니다. 그리고 말하려구요.

　　"나랑 살아 주어서 고맙습니다."
　　"고생시키고, 속 많이 썩여서 미안합니다."
　　"사랑합니다. 영원히 함께 사랑할 겁니다."

문득

아직도 이른
새벽

한참
시를 쓰다가

갑자기
아내가 그리워진다

가만히
이불을 여미어주고
베개를 고쳐 주고

그 옆에
살며시 누워

나와 함께한
그 손을 잡아본다

언제까지나

그러나

문득
언제까지일까

시를 읽듯 환자의 마음을 읽다

김연종, 시인, 한국의사시인회 회장

> 우리는 환자를 머리에 이고 죽음과 싸우는 전사들
> 피와 땀을 흘려 육과 영을 건져낸다
> 부와 명예 따위는 우리의 것이 아니다
> 내가 앞설 것이니 절대 물러서지 말라
> ―「제자들에게」 중에서

　수업 중에 이런 시를 읽어주는 교수가 있다면 어떨까. '예수님을 대하듯 환자를 대한다'는 진료 철학을 가진 의사라면. 수업 마지막 날 부모님께 "사랑합니다. 고맙습니다. 이 은혜 잊지 않겠습니다."라고 전화하는 과제를 내는 교수라면. 결국 눈물바다가 된 종강 파티에서 '나는 세상에서 가장 행복한 선생'이라고 고백하는 교수가 있다면.

　그는 『착하고 아름다운』, 『사랑과 사물에 대한 예의』 등 두 권의 시집을 낸 시인이고, 사진 에세이집 『그 바닷속 고래상어는 어디로 갔을까』를 펴낸 작가다. 유명 대학의 교수이자 마취통증의학과 의사인데다 스쿠버 다이빙 전문 교육 단체 강사이기도 하니 시인, 작가, 교수, 의사, 그 어느 호칭도 그를 대변하지 못하는 것 같다. 바쁜 와중에 지난해까지 한국의사시인회 총무로 봉사했던 김기준 교수가 환갑을 맞아 또다시 큰일을 냈다.

　산문집 『나를 깨워줘』는 의사로서의 고뇌와 그것을 감당해야 하는 한 인간의 내면을 고스란히 드러낸 글들이다. 많은 질병은 의료 현장을 벗어날 수 없지만, 의학만으론 해결할 수 없는 경우도 많다. 최근 눈부신 의학적 성과에도 환자와 의사 사이 불신의 벽은 오히려 높아졌다. 이런 한계를 극복하기 위해서는 과학적 기술의 발전뿐 아니라 문학적 상상력에 대한 이해가 필요한 대목이다. 시인의 가장 중요한 덕목은 공감할 수 있는 능력이고, 마취 의사가 가져야 할 가장 중요한 덕목 역시 환자의 마음을 읽어낼 수 있는 공감이라고 말한 김기준 교수야말로 진정한 '시인 의사'임에 틀림없다.

삶은 시가 되어야 한다. 삶과 죽음, 환희와 절망이 교차하는 의료 현장은 시의 현장과 무척 닮아 있다. 그것은 체험 삶의 현장이고 극한 작업의 현장이고 고통과 죽음이 맞닿는 현장이기도 하다.

가슴 속이 뜨거워지고 눈시울을 적시기를 반복하며 책장을 넘겼다. 책 속을 관통하는 가장 두드러진 정서는 사랑이리라. 그중에도 으뜸은 환자에 대한 사랑이지 않을까. 「내 영혼의 비누 두장」, 「나를 깨워 주세요」, 「다시는 아프지 않기를」 등 그가 환자에게 보인 사랑은 숭고하고 절절하다. 「하나님의 후배」, 「우리의 사명」, 「우리 삶은 한 편의 시」 등에서 보여준 마취 통증의학과에 대한 애정과 제자 사랑은 모두에게 귀감이 된다. 그의 삶을 가장 든든하게 지탱해준 것은 역시 가족이다. 「먼 곳 가시는 길」, 「내 아내는 작업 치료사」, 「당신이 있었기에」 등 부모와 자녀 그리고 아내에 대한 사랑은 지고지순하다.

『나를 깨워줘』는 생과 사가 교차하는 일촉즉발의 순간에도 아낌없이 자신을 불태우는 구도자의 기록이다. 죽음을 응시하면서도 끝내 포기하지 않는 구원의 손길이다. 말과 행동을 결코 가볍게 해서는 안 되리라는 신앙인의 다짐이다. 때론 자신의 한계를 절감하며 통곡하는 한 인간의 고뇌이다. 읽을수록 따스함이 배어 있고 정갈함이 더해지는 영혼의 숨결이다.

선한 영향력이 곳곳에 담겨 있는 책을 단숨에 읽으면서 내 인생에서도 기름기와 욕심 덩어리가 조금씩 빠져나가는 것을 느낀다. 모르긴 몰라도 『나를 깨워줘』는 우리를 깨워줄 게 분명하다. 당신의 영혼을 깨우고, 잠자던 신앙을 깨우고 사라진 공감 능력을 일깨워, 우리의 앞으로의 인생을 "깨어있게" 만들 테니까.

영혼과 육체가 하나가 된 대서사시

반경환, 『애지』주간, 철학예술가

너희들은

자부심을 가져라
태초의 마취 의사
하나님의
믿음직한 후배들이다
—「후배들아」 중에서

착한 아가. 잘 자거라.
착한 천사. 다시는 아프지 말거라.
— 본문 중에서

운구를 해 보면 안다
저 길이 곧 나의 길이라는 것을

운구를 하다 보면 철이 든다
어떻게 살아야 하는지
—「공부」 중에서

우리들 모두는 지상에 잠시 머무는 시한부 인생입니다. 사랑할 날들이 얼마나 남아 있을까요? 미워할 시간이 어디 있어요?

— 본문 중에서

시인은 인간의 영혼을 치료하는 의사이고, 의사는 인간의 육체를 치료하는 시인이다. 이 영혼과 육체가 하나가 된 대서사시가 있으니, 그것이 바로 김기준 교수의 산문집, 『나를 깨워줘』라고 할 수가 있다.

『나를 깨워줘』는 '시인 − 의사 정신의 진수', '천의무봉天衣無縫'. 삶이 시 같고, 시가 삶 같다. 진한 감동, 깊은 울림—, 이 아름답고 슬픈 진정성의 세계는 그 어떤 원수나 악마마저도 다 그 죄를 고백하고 눈물을 흘리게 만들 것이다.

김기준 에세이

나를 깨워줘

초판 1쇄   2023년 6월 15일
지은이   김기준
펴낸이   반송림
제작총괄   조종열
인 쇄   영신사
펴낸곳   도서출판 지혜
주 소   34624 대전광역시 동구 태전로 57, 2층 (삼성동) 도서출판 지혜
전 화   042-625-1140
팩 스   042-627-1140
이메일   eji@ji-hye.com
             ejisarang@hanmail.net
애지카페   cafe.daum.net/ejiliterature

ISBN   979-11-5728-506-8   03810
값   23,000원

김 기 준

　　김기준 연세대 마취통증의학과 교수는 1963년 경남 김해에서 출생했고, 1990년 연세대학교 의과대학을 졸업했다. 현재 연세대 마취통증의학과 교수로 재직중이며, 한국의사시인회 및 서울시시인회 회원으로 활동하고 있다. 2016년 월간 시see 제7회 추천시인상, 2018년 '월간시 올해의 시인상'을 수상했고, 시집으로는 『착하고 아름다운』과 『사람과 사물에 대한 예의』, 그리고 사진 에세이 집 『그 바닷속 고래상어는 어디로 갔을까』가 있다.

　　이메일 : kimocean6063@naver.com